La véridique histoire d'Ah Q

Du même auteur, aux Éditions du non-agir :

Histoires anciennes, revisitées.
Huit nouvelles fantastiques et satiriques.

Versions bilingues, avec appareil de notes :

La véridique histoire d'Ah Q
(avec pinyin)

Réveiller les morts
En forgeant les épées
(Nouvelles extraites de *Histoires anciennes, revisitées*)

LU XUN

LA VÉRIDIQUE HISTOIRE D'AH Q

*Traduit du chinois
par Alexis Brossollet*

EDITIONS DU NON-AGIR

Titre original :
阿 Q 正傳
par 魯迅， *1921*

Cette traduction @ éditions du non-agir, 2015

ISBN 979-10-92475-30-2

Illustration de couverture :

The Chinese opium smokers (extrait), Thomas Mallon, 1843. Domaine public

SOMMAIRE

Préface   7

Un   Introduction   13

Deux   Petite chronique   21
          des victoires d'Ah Q

Trois   Suite de la chronique   29
          des victoires d'Ah Q

Quatre   La tragédie de l'amour   37

Cinq   Questions de ressources   47

Six   Grandeur et décadence   55

Sept   Révolution   65

Huit   Interdit de révolution   75

Neuf   La grande réunion   85

Lu Xun   Brève chronologie   95

Remerciements

La préface (présentation de l'œuvre et de son importance) est pour l'essentiel reproduite et adaptée à partir du site internet *www.chinese-shortstories.com* sur la littérature chinoise, avec l'aimable autorisation de Mme Brigitte Duzan, que nous souhaitons ici remercier.

Transcription des noms chinois

Contrairement à la plupart des ouvrages traitant de la Chine ou traduits du chinois, ce texte n'utilise pas le système officiel de transcription *pinyin* (sauf dans la postface et la chronologie). D'abord, parce que pour les non-initiés, le *pinyin* éloigne de la prononciation réelle du chinois plus qu'il n'en rapproche ; l'usage du plus traditionnel système dit de *l'École Française d'Extrême-Orient* permet aux francophones une meilleure approximation, sans difficulté particulière. Ensuite et surtout, parce que l'EFEO donne à la traduction une allure un peu « rétro », en accord avec le caractère du texte, qui remonte au début du XXe siècle, à une époque où le *pinyin* n'existait pas encore...

Préface

L'esprit de l'œuvre

LA VERIDIQUE HISTOIRE D'AH Q (《阿 Q 正传》) fut d'abord publiée dans la presse sous forme de feuilleton, entre le 4 décembre 1921 et le 12 février 1922, puis en 1923 dans le recueil *L'appel aux armes* (《呐喊》). C'est la plus longue des quatorze nouvelles du recueil, et sans doute la plus célèbre en Chine comme en Occident.

Le recueil et la nouvelle ont déjà fait l'objet de plusieurs traductions, dont nous citerons celles de M. Hémery-Valette (1973, sous un titre très proche), de Jean Guiloneau (1981), de Michelle Loi (1990), et la dernière datant de 2005[1], de Sébastien Veg, la seule disponible aujourd'hui. Cette nouvelle traduction ne cherche pas à se substituer à celles-là, qui ont chacune leurs mérites ; sa parution accompagne celle d'une édition « trilingue » (chinois-*pinyin*-français) destinée plus particulièrement aux apprenants de la langue chinoise, et

---

[1] *L'édifiante histoire d'a-Q*, dans la traduction du recueil 呐喊 intitulée *Cris*, Éditions Rue d'Ulm, 2005. Cette version est à ce jour la traduction de référence, en raison en particulier de la richesse des notices et commentaires du traducteur, situant les nouvelles dans leur contexte littéraire, politique et social.

dotée d'un fort appareil de notes culturelles, historiques et lexicales (près de 250 notes). De ces notes, un minimum a été conservé pour l'édition présente, monolingue, afin de ne pas gêner la lecture tout en permettant la compréhension. De façon générale, les choix de traduction ont tenté de donner un poids équivalent à l'agrément de lecture (dont seul le lecteur sera juge, au final) et à la proximité du texte original.

*

L'histoire se déroule au moment de la Révolution de 1911, dans un petit bourg du nom de Weizhuang (未庄), village fictif de la région de Shaoxing, ville natale de l'auteur. Le nom du bourg est déjà tout un programme puisqu'il signifie « le village qui ne fut pas ». Ah Q, paysan sans éducation ni occupation fixe, mène une existence précaire, hébergé dans le temple des dieux du village. C'est un trublion méprisé de tous et traité de tous les noms, capable au besoin de se traiter lui-même d'insecte pour se sortir d'une mauvaise passe, mais qui cherche noise à tout le monde à tout bout de champ, et se fait rosser en conséquence. Dès le premier chapitre, Lu Xun décrit son personnage comme un individu parfaitement anonyme (on ne connaît ni son nom, ni son véritable prénom), et qui plus est un individu sans attaches familiales, donc forcément problématique.

Ce pauvre hère, méprisable et pitoyable, est alors pour Lu Xun l'occasion d'une satire d'une ironie cinglante, une satire double.

D'abord, Ah Q est, dans l'esprit de l'auteur, emblématique du peuple chinois et de sa mentalité, à l'orée du XXe siècle et alors que la dynastie Qing, fondée deux siècles et demi auparavant par les envahisseurs mandchous, vit ses derniers instants : prompt à s'attaquer au plus faible, comme la petite nonne qu'il harcèle en provoquant l'hilarité générale, il est veule devant les plus forts et les riches dont il accepte les coups sans broncher. Lu Xun fait de ce trait de caractère l'une des raisons de l'oppression prolongée dont le peuple chinois a souffert, et la cause principale de son retard, une autre raison étant la croyance imperturbable en sa supériorité naturelle sur les autres peuples du monde, traditionnellement qualifiés de barbares. La mentalité de groupe, esprit grégaire qui pousse à rire du malheur du plus faible, et à se montrer parfaitement apathique face à la tyrannie du plus fort, est un autre trait entraînant la perpétuation des injustices sociales.

L'autre objet de la satire est la Révolution de 1911 elle-même, dont les conséquences à terme avaient été une déception pour Lu Xun, et qu'il considérait comme un échec.

Dans la nouvelle, la « révolution » est un mot vide de sens, que tout le monde utilise à ses fins propres, les uns pour se donner de l'importance, les autres pour piller, les puissants pour ne pas perdre leur autorité. Finalement, tout le monde se retrouve « révolutionnaire ».

La critique est donc sombre et amère. Le constat et le message de Lu Xun étaient que les masses paysannes avaient des mentalités trop attardées pour qu'un simple changement de gouvernement puisse véritablement changer quoi que ce fût. Comme il le dit dans la préface de *L'appel aux armes*, ce qu'il fallait au peuple, c'était une « médecine de l'âme » :

« ...la tâche la plus importante était de changer les esprits, et il m'apparut alors que, pour ce faire, il fallait en priorité développer l'art et la littérature... »

Mais, dans *La véridique histoire d'Ah Q*, il n'y a que constat critique, pas même une allusion à une possible rédemption. Ah Q meurt sous la risée de la foule qui lui réclame une chanson...

Plus tard, la position de Lu Xun évoluera encore, et il dira en 1925 de la Révolution de 1911 : « J'ai le sentiment que ce qu'on appelle la République de Chine n'existe plus. J'ai le sentiment que, avant la révolution, j'étais un esclave, mais que, peu après, j'ai été dupé par des esclaves et suis devenu le leur. » Cette désillusion l'amena à la conclusion, dès 1927, que la littérature seule, contrairement à ce qu'il avait rêvé quand il était au Japon, ne pourrait pas entraîner de changement radical, mais qu'il faudrait des hommes pour mener un mouvement révolutionnaire, et qu'ils ne pourraient réussir que par la force.

Il était donc normal que les dirigeants du Parti communiste reconnaissent en lui l'un de ceux qui ont esquissé les grandes lignes du futur communiste. Mao Zedong le définit comme le « commandant en chef de la révolution culturelle de la Chine » (sans majuscules, car il ne s'agit pas ici, bien entendu, du mouvement politique terrible qui secoua la Chine dans les années soixante).

En même temps, cependant, l'engagement de Lu Xun en faveur du mouvement du 4 mai, taxé de « cosmopolite », a longtemps été plus ou moins passé sous silence car il gênait le Parti. Par ailleurs, Lu Xun était un esprit indépendant, participant aux discussions et aux débats intellectuels des années vingt et trente, et les encourageant ; c'était quelqu'un qui n'avait pas hésité à contester l'alliance avec le Kuomintang et son engagement dans la Ligue des droits de l'homme était embarrassant ; il était difficile de le faire entrer dans le cadre de plus en plus rigide de la ligne du Parti encadrant la littérature et la vie artistique en général.

Enfin, le style propre de Lu Xun, allusif, satirique et ironique, allait à l'encontre des impératifs de clarté et de réalisme imposés par le Parti. Mao lui-même a écrit qu'il ne fallait pas imiter le style de Lu Xun mais « crier sans recourir à des expressions voilées et détournées qui sont difficiles à comprendre pour le peuple. » Cette ambivalence est toujours de mise aujourd'hui. On continue à le louer comme l'un des pères du nouveau régime et du système socialiste, alors que ses œuvres ont été récemment retirées des manuels scolaires : trop difficiles à comprendre… et, dans le cas particulier de la présente nouvelle, d'un caractère trop négatif quant aux retombées de toute révolution.

Aujourd'hui encore, l'expression « mentalité à la Ah Q » ou « esprit Ah Q » (阿 Q 精神) est utilisée pour désigner ironiquement l'attitude de quelqu'un qui vit dans l'illusion d'une fausse supériorité sur les autres, ou se berce de prétextes pour ne pas affronter la réalité, attitude éminemment narcissique qui transforme chaque échec en « victoire spirituelle ».

Un

Introduction

VOILA QUELQUE TEMPS DEJA – plus d'un ou deux ans – que je songeais à écrire la biographie d'Ah Q. Mais si d'un côté l'envie m'en tenaillait, de l'autre je procrastinais, ce qui suffirait à prouver que je ne suis pas de ceux qui recherchent la gloire littéraire. Car les auteurs immortels se consacrent depuis toujours à d'immortels sujets, pour que le sujet se survive à lui-même à travers l'œuvre, et l'œuvre à travers son sujet – de sorte que l'on finit par ne plus savoir lequel, du chroniqueur ou du sujet, se repose sur l'autre pour accéder à la postérité. Mais moi je revenais, encore et toujours, à l'idée d'écrire sur Ah Q, comme si j'en étais possédé.

Quand enfin je me suis attelé à la rédaction de ces lignes bien moins qu'immortelles, je me suis retrouvé confronté à d'extraordinaires difficultés.

La première : le choix du titre. Confucius a dit : « Si les Noms sont incorrects, on ne peut tenir de discours cohérent ». Il faut donc prêter à cette question une attention extrême. Il y a toutes sortes de biographies : celles qui sont couchées dans les annales historiques ;

les autobiographies ; les légendes ; les biographies non-autorisées et les supplémentaires ; les longues chroniques familiales et les courtes notices nécrologiques... mais malheureusement, aucune ne convenait à mon propos.

La présente biographie ne peut en effet prétendre à figurer dans les « annales » comme celles des grands hommes. N'étant assurément pas Ah Q, je ne peux la qualifier d'autobiographie. Ni d'ailleurs de « légende », de « non-autorisée » ou de « supplémentaire » : il faudrait qu'Ah Q soit légendaire, ou qu'une biographie « autorisée » existât quelque part. Or aucun président n'a jamais émis d'édit ordonnant à son Institut national d'Histoire de rédiger quoi que ce soit sur ce personnage ! Certes, l'éminent écrivain Charles Dickens a écrit une *Biographie supplémentaire d'un joueur*[2], alors que les annales historiques britanniques n'ont jamais inclus de *Biographie d'un joueur*. Mais ce qu'un auteur si fameux a pu se permettre sera à tout jamais interdit à ceux de ma génération. « Chronique familiale » ? Je n'ai pas connaissance d'un quelconque lien de parenté me reliant à Ah Q, ni n'ai reçu mandat de ses descendants. Enfin, pour qu'une « notice » suffise, il eût fallu qu'une biographie complète lui préexistât.

Bref, cet ouvrage relève bien en fin de compte du genre exalté de la « biographie », mais je n'ose usurper un tel titre : à l'examen, ma prose apparaît d'un style si vil qu'elle ressort plutôt du langage des tireurs de

---

[2] Titre de la traduction chinoise parue en 1915 du roman Rodney Stone, publié en 1896, dont l'auteur était en fait Arthur Conan Doyle.

pousse et des épiciers. Aussi dois-je me contenter d'emprunter ce terme de « véridique histoire » à tous ces romanciers, auteurs de bas étage, qui écrivaient « Assez de ces digressions ! Revenons à la véridique histoire de... »

Et si ce choix prête à confusion avec le titre d'un célèbre ouvrage sur la calligraphie, que nous devons à nos Anciens, eh bien tant pis.

Deuxième difficulté : la tradition veut que les biographies commencent en général par « X, prénommé Y, né à tel endroit », mais je n'ai aucune idée du nom de famille d'Ah Q.

Un jour, il lui a bien semblé s'appeler Tchao, mais dès le lendemain il n'en était plus si certain. Le fils de Monsieur Tchao avait décroché son titre de Bachelier aux examens mandarinaux du district et revenait triomphalement au village, au son des gongs. Ah Q venait de s'enfiler deux bols de vin jaune et dansait de joie, affirmant tirer gloire, lui aussi, de l'événement : n'était-il pas de la même famille que M. Tchao ? D'ailleurs, à y regarder de plus près, il était placé trois générations devant le nouveau Bachelier. Autour de lui, quelques-uns de ses auditeurs se prenaient soudain à lui témoigner un respect tout neuf. Mais le jour d'après, l'agent de la police rurale lui enjoignit de se rendre à la résidence des Tchao. À la vue d'Ah Q, le patriarche hurla, le visage empourpré :

« Ah Q, pauvre crétin ! As-tu osé prétendre que j'étais de ta famille ? »

Ah Q resta coi.

Plus Tchao le contemplait, plus il enrageait. Il s'avança sur lui de quelques pas :

« Il faut en avoir du toupet pour sortir de telles foutaises ! Comment pourrais-je avoir un tel parent ? Alors comme ça, tu t'appelles Tchao, hein ? »

Ah Q se taisait toujours et crut opportun de reculer ; M. Tchao bondit en avant et le gifla.

« Comment pourrais-tu t'appeler Tchao – tu ne mérites pas de t'appeler Tchao ! »

Ah Q ne tenta pourtant pas d'arguer qu'il s'appelait effectivement Tchao. Frottant d'une main sa joue gauche, il se retira avec le policier, qui le morigéna derechef sitôt au dehors. Il dut pour cela le remercier de deux cents pièces de cuivre en guise de pourboire. Les gens au courant de l'affaire affirmèrent tous qu'Ah Q était par trop stupide et qu'il avait tendu les verges pour se faire battre. Il ne s'appelait très probablement pas Tchao, et quand bien même : jamais il n'aurait dû ouvrir ainsi sa grande bouche alors qu'un M. Tchao vivait dans le voisinage.

Après ça, plus personne n'évoqua jamais la question des origines claniques d'Ah Q ; voilà pourquoi je ne connais toujours pas son nom.

Troisième difficulté : je ne sais pas non plus comment s'écrit son prénom. De son vivant, tout le monde l'appelait Ah Quei, mais après sa mort plus personne ne l'appelait du tout ; comment son nom aurait-il donc pu passer à la postérité ?

Le présent ouvrage étant le tout premier à se préoccuper de ladite postérité, je me suis trouvé dès l'abord face à cet obstacle primordial. J'y ai réfléchi point par point : le Quei d'Ah Quei, correspond-il au caractère signifiant *osmanthe*, ou à celui pour *précieux* ? Si Ah Q avait porté le nom de plume de « Pavillon de la Lune », ou s'il avait eu son anniversaire pendant le huitième mois, mois de la fête de la Lune, alors il s'agirait bien sûr de l'osmanthe – plante intimement liée à l'astre nocturne. Mais il n'avait pas de nom de plume, ou s'il en avait un, personne n'en a jamais rien su. Et comme il n'a jamais, non plus, envoyé de carton d'invitation pour son anniversaire à quiconque, il serait éminemment arbitraire de faire le choix du nom d'« Osmanthe ».

Si, en revanche, il avait eu un frère, aîné ou cadet, portant un nom comme « Richesse », alors le caractère de précieux aurait été le bon choix. Mais il était fils unique ; il n'y a donc pas plus d'arguments pour privilégier Précieux.

Quant aux autres caractères excentriques se prononçant Quei, mieux vaut ne pas y songer...

J'ai aussi soumis la question à l'estimé Bachelier, fils de M. Tchao. Le croirez-vous ? Même un si brillant lettré fut bien en peine de me répondre. Ce qui ne l'a pas empêché de conclure que s'il n'avait pu mener à bien ses recherches, c'était de la faute de ce Tch'en Tou-hiu[3], le responsable de la dégénérescence de la

---

[3] Tch'en Tou-hiu ou Chen Duxiu (1879-1942) : intellectuel marxiste chinois, fondateur en 1915 du journal La Jeunesse et premier Secrétaire général du Parti communiste chinois.

culture chinoise, lui qui avait prôné l'adoption de l'alphabet latin dans sa revue *La Jeunesse*.

En ultime recours, j'ai demandé à l'un de mes compatriotes de Chao-sing de vérifier le casier d'Ah Q dans les dossiers de la Justice. La réponse est arrivée huit mois plus tard : rien dans les archives au nom d'Ah Quei, ou à un quelconque nom approchant. Je n'ai aucun moyen de savoir si c'est vrai ou pas, ou s'il a réellement fait l'effort de vérifier, mais je ne vois vraiment plus rien d'autre à tenter. Craignant que notre nouveau système national de transcription phonétique ne fût pas encore très répandu, je me suis donc résigné à utiliser un alphabet étranger, écrivant donc, à l'anglaise, Ah Quei, simplifié en Ah Q. Cela revient presque à suivre aveuglément les prescriptions de *La Jeunesse*, et vous m'en voyez fort marri ; mais puisque même notre Bachelier n'a pu m'aider, je n'ai aucune autre solution.

Enfin, quatrième et dernière difficulté : le lieu d'origine d'Ah Q. S'il s'était bien appelé Tchao, alors, en suivant la vieille coutume, il nous aurait suffi de consulter les notes de l'ouvrage ancien *Les Noms des Cent Familles, classés par commanderies*, et l'on aurait trouvé : « Tchao, originaire de T'ien-Shouei dans la province du Kan-Sou ». Mais ce nom de Tchao n'est, malheureusement, pas très crédible, et l'origine de notre homme n'est donc pas tout à fait certaine. Il résidait bien la plupart du temps à Wei-Tchouang, mais il a aussi souvent habité ailleurs, et on ne peut donc affirmer qu'il était de Wei-Tchouang : ce serait attentatoire à la vérité historique.

J'ai cependant au moins un motif de consolation : le choix du caractère utilisé pour transcrire le Ah est parfaitement juste et ne repose en rien sur un quelconque emprunt phonétique plus ou moins forcé ; il peut donc subir avec succès l'examen des plus savants de nos lettrés. La solution des autres problèmes est hors de portée de personnes à l'éducation limitée ; je ne peux qu'espérer que des disciples de M. Hou Che, ce « fou d'Histoire et d'Études textuelles »[4], daignent un jour tenter d'y apporter de nouvelles lumières. Je crains toutefois que ma *Véridique histoire d'Ah Q* ne soit alors tombée dans l'oubli depuis belle lurette.

Pour une introduction, ça devrait faire l'affaire.

---

[4] Hou Che ou Hu Shi, le premier et l'un des plus virulents partisans de l'adoption du chinois vernaculaire dans la littérature. La citation entre guillemets est basée sur l'un de ses propres écrits.

Deux

Petite chronique des victoires d'Ah Q

NON SEULEMENT LES NOM, prénom et origine d'Ah Q n'étaient pas très clairs, mais ses antécédents étaient, eux aussi, franchement vagues. Comme les relations qu'entretenaient avec lui les habitants de Wei-Tchouang se résumaient à louer ses services ou à en faire leur souffre-douleur, personne n'avait jamais prêté attention à son passé. Ah Q n'évoquait jamais la question, sauf quand il se prenait de querelle avec quelqu'un d'autre et criait, les yeux exorbités :

« Jadis nous étions… beaucoup plus riches que toi ! Pour qui tu t'prends? »

Il n'avait pas de domicile fixe et logeait dans le petit temple des dieux du sol et des céréales de Wei-Tchouang. Et comme il n'avait pas non plus de profession fixe, il s'embauchait chez les autres pour de courts travaux. Avait-on besoin de lui pour les moissons, alors il passait la faux ; pour décortiquer le riz, il maniait le pilon, pour faire avancer une embarcation, il poussait la perche. Si les travaux se prolongeaient un peu, il pouvait coucher à proximité chez le patron, mais s'éclipsait dès qu'ils étaient terminés. Quand les gens étaient débordés, ils se souvenaient de lui, mais c'était pour le mettre au boulot, pas pour se soucier de sa vie d'avant ; dès l'urgence passée, ils l'oubliaient vite fait, et à plus forte raison le reste de ce qui le concernait. Une fois, une seule, un vieillard fit son éloge : « Ce garçon met vraiment du cœur à l'ouvrage ! » À ce moment-là, Ah Q se prélassait devant lui, son maigre torse dénudé et la peau sur les os ; le vieux était-il sincère ou se moquait-il de lui ? Nul ne le sait, mais Ah Q n'en était pas moins ravi.

Il avait d'ailleurs une haute opinion de sa personne. Aucun des autres villageois ne comptait à ses yeux, au point qu'il refusait même de s'abaisser à se moquer des deux candidats aux examens. Et pourtant, de candidat, on a bien vocation à devenir bachelier un jour ; c'était cette perspective qui faisait que leurs progéniteurs respectifs, MM. Tchao et Ts'ien, étaient unanimement respectés – en sus, bien entendu, de leur fortune. Seul Ah Q, dans son for intérieur, ne leur portait pas de vénération excessive, car, prophétisait-il :

« Mes enfants seront bien plus riches que les leurs ! »

À cette certitude se rajoutaient celles qui lui venaient tout naturellement de ses rares excursions à la ville, dont il méprisait cordialement les habitants. Ne qualifiaient-ils pas « d'escabeaux » ces sortes de tabourets en planches, longs de trois pieds trois pouces, que les habitants de Wei-Tchouang et lui-même appelaient simplement des bancs ? Ridicule de se gourer ainsi, pensait-il. Et quand il s'agissait de frire la carpe à grosse tête, les citadins y rajoutaient comme à Wei-Tchouang de la ciboule, mais ils la hachaient menu au lieu de l'émincer en lamelles d'un demi-pouce. Quelle faute de goût ! Les villageois n'en restaient pas moins de risibles ploucs, jamais sortis de leur trou ; pensez donc, ils ne savaient même pas comment on faisait frire le poisson en ville !

Ah Q « avait été riche », il avait vu du pays, il « mettait du cœur à l'ouvrage », il était donc presque un parangon d'homme achevé ; dommage que sa santé laissât encore un peu à désirer. Le plus embêtant, c'était les quelques cicatrices dues à la teigne, apparues sur son cuir chevelu il ne savait plus très bien quand. Du coup, Ah Q évitait tous les mots qui sonnaient de près ou de loin comme « teigne », estimant que ces traces brillantes manquaient d'élégance, bien que marques singulières de sa fière personne. Plus tard, le verbe « briller » était aussi devenu tabou, puis le mot « lumière », et puis encore « lampe » et « chandelle »..., tous tabous. Dès qu'on enfreignait, à dessein ou pas, ces tabous, ses cicatrices se mettaient à flamboyer sous le coup de la colère. Alors il mesurait son interlocuteur du regard, et si l'autre lui semblait un peu benêt il l'abreuvait d'insultes, s'il lui apparaissait plus faible il le rouait de coups ; mais sans qu'il ne comprît vraiment pourquoi, c'était le plus souvent lui-même qui prenait la raclée. Il en vint à modifier peu à peu ses choix stratégiques et, la plupart du temps, se contentait-il désormais de toiser ses adversaires d'un regard furieux.

Bizarrement, après qu'Ah Q eut adopté la stratégie dite du Regard furibond, les villageois se plurent à l'asticoter de plus belle. Dès qu'il apparaissait, ils s'exclamaient sur un ton faussement surpris : « Tiens ? Le jour s'est levé. » Ah Q se mettait en colère, comme prévu, et les fixait, furibard.

« Non, c'est une lampe-tempête qu'on a installée ! » continuaient-ils sans trembler.

Ah Q n'avait d'autre choix que de se creuser les méninges pour placer une réplique vengeresse : « Tu ne vaux même pas… » À ces moments, il lui semblait que sur sa tête n'étaient plus de vulgaires cicatrices de teigne… mais de nobles et glorieuses cicatrices de teigne. Cependant, comme il a été dit plus haut, il n'était pas né de la veille et, comprenant qu'il avait failli violer ses propres tabous, il s'arrêtait net.

Les badauds, eux, s'évertuaient à le provoquer, pour finir en général par lui taper dessus. Une fois Ah Q formellement défait, ils l'empoignaient par sa natte jaunâtre[5] et lui cognaient à grand bruit la tête contre le mur, quatre ou cinq fois. Enfin satisfaits de leur victoire, ils s'éloignaient. Alors Ah Q se relevait, ruminant un bon moment avant de conclure par-devers lui : « C'est comme si j'm'étais fait battre par mes propres enfants... Le monde part décidément à vau-l'eau. » Et c'était à son tour de s'éloigner en vainqueur, plein d'allégresse.

---

[5] Le lecteur peut s'étonner de voir qualifier la chevelure d'Ah Q de « jaunâtre » ; la décoloration des cheveux noirs est en fait une marque d'anémie sévère, carence en fer due à la malnutrition.

Mais ce qu'il gardait d'abord pour lui, il finissait un jour par le proférer à voix haute et la plupart de ses tourmenteurs comprirent qu'il parvenait à transformer chacune de ses défaites en victoire morale. Ce qui fit qu'ensuite, à chaque fois que l'un de ses bourreaux en arrivait à lui tordre la natte, celui-ci disait, par anticipation :

« Ah Q, ce n'est pas là un fils qui bat son père, c'est un homme qui bat une bête ! Allez, répète : un homme qui bat une bête ! »

Ah Q, les deux mains serrées à la base de sa natte et le cou tout de guingois, disait :

« ...Qui écrase un ver ! Ça te va ? Je suis un ver de terre – me lâcheras-tu donc ? »

Mais s'il était un ver, l'autre ne le lâchait pas pour autant et, comme de coutume, lui cognait la tête avec bruit à cinq ou six reprises sur n'importe quelle surface proche... puis repartait victorieux et content, croyant que sa victime avait eu son compte, cette fois.

Au bout d'à peine dix secondes, Ah Q partait, lui aussi victorieux et content : n'était-il pas le plus doué de tous pour se vautrer plus bas que terre ? Il suffisait de mettre de côté « se vautrer plus bas que terre » et il restait « le plus doué de tous »... tout comme les lauréats des concours du palais.

« Et toi, pour qui tu t'prends !?... »

Ayant ainsi employé des moyens plus ingénieux les uns que les autres pour s'assurer la victoire sur ses ennemis, Ah Q courait plein d'entrain vers la taverne pour y boire quelques bols de vin. Là, il échangeait des plaisanteries, se querellait derechef, était de nouveau victorieux, et rentrait toujours aussi joyeux au temple des dieux tutélaires. Sitôt la tête posée, il s'endormait. S'il lui arrivait d'être en fonds, il se rendait au tripot. Il se glissait au milieu de la foule de joueurs accroupis et hurlait plus fort que tous les autres, le visage emperlé de sueur :

« QUAT'CENTS SUR LE DRAGON VERT !

— Attention... Les jeux sont... FAITS ! Le croupier, transpirant tout autant, chantait en soulevant le couvercle de la boîte à dés. La Porte du Ciel... pour la BANQUE ! Pas de mises sur le Couloir... Par ici tes pépettes, Ah Q !

— Cent sur le Couloir... cent cinquante ! »

Et au rythme de la chanson, l'argent d'Ah Q passait peu à peu dans la bourse des autres créatures en sueur. Il devait bientôt s'extirper du tas de parieur et se contenter de s'exciter sur le sort des autres, debout derrière eux, jusqu'à ce que l'assemblée se disperse. Il rentrait alors à regret au temple et retournait travailler le lendemain, les yeux rouges et gonflés.

Comme le dit le proverbe, à quelque chose malheur est bon. Un jour, Ah Q eut la malchance de gagner, et il finit quand même par tout perdre.

C'était le soir du Festival des dieux à Wei-Tchouang. Comme de coutume, on avait monté une scène et comme de coutume, près de la scène, à gauche, s'étaient installés nombre de petits étals consacrés aux paris.

Les gongs et les tambours du théâtre auraient tout aussi bien pu retentir à dix lis de là pour Ah Q ; il n'entendait que le chant des croupiers.

Il gagnait, et gagnait encore, les sapèques de cuivre se métamorphosaient en sous d'argent, les sous en lourdes pièces, les pièces s'empilaient. Il hurla, radieux :

« Deux dollars sur la Porte du Ciel ! »

Qui avait déclenché la bagarre, et pourquoi ? Ah Q ne l'a jamais su. Les éclats d'injures, le bruit sourd des horions et les piétinements secs se mêlaient en un vacarme des plus confus.

Quand il se releva, les étals avaient disparu, les croupiers avaient plié les gaules et en plusieurs endroits de son corps des élancements semblaient indiquer qu'il avait reçu sa part de coups de pieds et de poings. Quelques badauds le regardaient d'un air effaré.

Avec l'impression d'avoir égaré quelque chose, il retourna au temple et, ses esprits lui revenant, il se rendit compte que ses gains avaient eux aussi pris la poudre d'escampette.

La plupart de ceux qui organisaient les paris, près de la scène de la fête, étaient bien sûr étrangers au village ; vers qui aurait-il bien pu se tourner ?

Sa belle pile de pièces d'argent bien clinquantes ! C'était les siennes — et maintenant elles s'étaient envolées. Il avait beau se dire que c'était comme si son propre fils les lui avait soutirées, ça ne le consolait pas. Même le fait d'être un ver de terre ne lui apportait aucun soulagement : cette fois, il ressentait bien quelque chose de l'amertume de la défaite.

Mais il trouva vite un autre moyen de la transformer en sentiment de victoire. Il leva bien haut la main droite et se gifla violemment deux fois de suite, déclenchant une vive douleur. Ceci fait, la paix se fit peu à peu dans son cœur : après tout il n'avait fait que gifler un « autre lui-même », très vite assimilé à un « autre » tout court – malgré ses joues qui le brûlaient encore. Il s'allongea, le moral au beau fixe.

Et il s'endormit.

Trois

Suite de la chronique
des victoires d'Ah Q

AH Q AVAIT BEAU VOLER de victoire en victoire, ce ne fut qu'après la gifle administrée par M. Tchao qu'il parvint enfin à la célébrité. Ayant payé les deux cents sapèques de pourboire au policier, il s'était couché de fort mauvaise humeur ; mais plus tard une pensée s'était imposée : « Le monde d'aujourd'hui marche vraiment sur la tête, avec les fils qui battent leur père... » Alors l'idée que M. Tchao, avec tout son prestige, était désormais comme son fils, lui avait, peu à peu, mit du baume au cœur.

Il s'était donc relevé et dirigé vers la taverne en chantant l'air de *La petite veuve va pleurer sur la tombe*. Il pensait à cet instant que M. Tchao était vraiment un type de première bourre.

Par un phénomène curieux, dès ce moment, tout le monde se mit de fait à lui témoigner un inhabituel respect. Ah Q se persuada sans doute que cela lui était dû en tant que père de M. Tchao, mais la vraie raison était ailleurs. À Wei-Tchouang, d'ordinaire, personne ne prête aucune attention aux raclées et peignées que s'infligent entre eux les plus insignifiants des habitants du village. Pour qu'on s'y intéresse, il faut que la querelle soit en rapport avec quelqu'un de renom – comme M. Tchao. Et puisqu'on s'y intéresse, la renommée du cogneur déteint alors sur le cogné.

Dans le cas présent, il allait sans dire que tout ça, c'était de la faute d'Ah Q. Et pourquoi donc ? Tout simplement parce que M. Tchao ne pouvait avoir tort. Mais alors, pourquoi ce nouveau respect pour Ah Q ? C'est difficile à expliquer, mais grosso modo on peut dire que les gens avaient peut-être un peu peur que les racontars d'Ah Q sur sa parenté avec M. Tchao n'eussent un fond de vérité – nonobstant leurs douloureuses conséquences. Il était donc plus sûr de ne pas se le mettre à dos. Une autre explication possible, c'est l'analogie avec le bœuf sacrificiel du Temple de Confucius : l'animal reste certes un animal, au même titre que le porc ou le mouton, mais d'avoir été touché par les baguettes du Sage fait que les lettrés n'osent plus y toucher.

L'épisode a donc fait la fierté d'Ah Q pendant de nombreuses années.

Un beau jour de printemps, alors qu'il errait dans les rues dans un état d'ébriété avancé, il tomba sur Wang-le-barbu qui lézardait au soleil, torse nu au pied d'un mur, fort occupé à chasser la vermine. À cette vue, Ah Q sentit soudain son propre corps le démanger. L'autre, en plus d'être barbu, était lui aussi atteint de la teigne et les gens l'honoraient du double qualificatif de Wang-le-barbu-pelé. Ah Q, bien entendu, omettait le

« pelé », tout en considérant l'individu de très haut. Selon Ah Q, la teigne ne valait pas la peine d'être mentionnée, mais cette pilosité faciale surabondante avait vraiment de quoi surprendre et attirer le mépris. Aussi prit-il place, sans hésitation aucune, à côté de lui. S'il s'était agi de n'importe qui d'autre, il n'aurait certes pas osé prendre une telle liberté ; mais comment pouvait-il craindre la comparaison avec un Wang-le-barbu ? En vérité, il lui faisait une fleur en daignant s'asseoir là.

Ah Q retire sa vieille tunique doublée et la retourne. Mais tous ses efforts n'aboutissent qu'à débusquer trois ou quatre poux. Est-ce parce qu'il a récemment lavé l'habit ou parce qu'il est décidément malhabile ? Il voit son voisin attraper une, deux, trois bestioles d'affilée, les fourrer dans sa bouche et, de quelques coups de dent… pif pif ! paf paf !

Déception d'abord, puis sentiment confus d'injustice : voilà ce qu'Ah Q ressent. Il est parfaitement contraire aux convenances qu'un moins-que-rien comme Wang-le-barbu ait un tel tableau de chasse quand lui, Ah Q, est presque bredouille. Il voudrait bien trouver un ou deux poux bien dodus mais n'en déniche qu'à grand-peine un, plutôt moyen. Il le glisse avec rage entre ses lèvres épaisses et mord violemment – pouf ! rien à voir avec la pétarade de Wang.

Ses cicatrices virent à l'écarlate ; il jette son habit à terre, crache un bon coup et dit :

« Hé ! Le singe !

— C't'à qui qu'tu causes, chien galeux ? » dit Wang-le-barbu d'un ton hautain en levant les yeux.

C'est vrai qu'Ah Q se tient lui-même en plus haute estime encore depuis qu'on lui témoigne plus de respect ; mais il garde malgré tout la queue basse quand il croise ses tourmenteurs habituels. Cette fois-ci, il se sent empli d'un courage très martial ; comment ? Cette créature à face de bête ose lui parler sur ce ton ?

« J'cause à qui s'reconnaît ! répond-il en se relevant, les mains sur les hanches.

— T'as les os qui t'démangent ? » s'informe l'hirsute, se levant à son tour et renfilant sa veste.

Interprétant le geste en signe d'une fuite imminente, Ah Q avance et lance le poing. Mais Wang-le-barbu lui attrape le bras et le tire à lui avant que le coup n'atteigne sa cible. Ah Q titube de quelques pas en avant, offrant à l'adversaire une excellente prise sur sa natte, dont celui-ci profite immédiatement. Wang le traîne vers le mur pour la conclusion usuelle.

« "L'homme de bien combat en paroles, pas à mains nues" ! » parvient à citer Ah Q, malgré sa nuque toute tordue.

Wang-le-barbu ne doit pas être un homme de bien, car sans tenir compte de cette remarque, il lui cogne le crâne cinq fois d'affilée avant de le rejeter comme une chiffe molle à six pas de là et de s'éloigner avec la satisfaction du travail bien fait.

Pour autant qu'il s'en souvienne, Ah Q n'a, de sa vie, subi une telle humiliation. Vu la ridicule pilosité de Wang, en toute logique, les moqueries entre eux ont toujours été à sens unique, et jamais ce dernier n'a levé la main sur lui. Le fait qu'il l'ait frappé cette fois-ci est très inattendu. Peut-être sont-elles vraies, les rumeurs qui courent ces jours-ci sur les marchés ? L'Empereur aurait supprimé les examens mandarinaux, il ne voudrait plus de bacheliers ni de licenciés ; se peut-il dès lors que le prestige de la famille Tchao en ait souffert ? – et donc que lui, Ah Q, ne puisse plus en bénéficier ?

Ah Q se relève, désorienté.

Il voit arriver de loin un autre adversaire.

C'est la personne qui l'horripile le plus en ce bas monde : le fils aîné de M. Ts'ien. Un type qui a été dans une académie à l'occidentale, en ville, s'est retrouvé on ne sait comment à étudier au Japon, et en est revenu au bout de six mois avec les jambes roides – et sans natte. Ce détail a d'ailleurs fait le désespoir de sa mère, et sa femme a tenté de mettre fin à ses jours à trois reprises en sautant dans le puits. Ensuite la maman est allée partout, répétant : « Ce sont des sans-foi-ni-loi qui l'ont soûlé et lui ont coupé la natte ! Dire qu'il aurait pu devenir un haut fonctionnaire… maintenant il faudra attendre que ça repousse ! »

Ah Q n'en croit pas un mot et le surnomme « faux diable blanc », ou bien encore « traître à la patrie » et le maudit chaque fois qu'il le croise. En silence.

Mais ce qu'Ah Q abhorre le plus, c'est sa natte factice. Un type capable de porter une fausse natte ne mérite plus de faire partie de la race humaine ; et si sa femme ne saute pas une quatrième fois dans ce puits, elle n'est qu'une sans-pudeur.

Le « faux diable blanc » approche.

« Espèce de... d'âne chauve... » Jusqu'ici, Ah Q a gardé ses insultes pour lui. Mais cette fois, sous le coup de la colère et poussé par l'envie de revanche, il ne peut s'empêcher de les articuler à voix basse.

Il a toutefois oublié la lourde canne de bois d'arbre à laque qu'il a lui-même baptisée de « bâton de la pleureuse » et que le dit chauve brandit soudain en franchissant à grands pas la distance qui les sépare.

Ah Q devine à cet instant qu'il va encore être du mauvais côté du manche et s'y prépare en serrant les côtes et en rentrant la tête dans les épaules. Peine perdue – blam ! il semble que le coup lui est tombé en plein milieu du crâne.

« J'causais d'lui ! » proteste-t-il en pointant du doigt un gamin qui passe par là.

Blam ! blam blam !

C'est la seconde des pires humiliations dont Ah Q garde le souvenir. Par chance, dès que les coups finissent de pleuvoir, il croit l'affaire derrière lui et il se détend. L'oubli, ce trésor ancestral, fait son office ; Ah Q s'éloigne lentement. À la porte de la taverne, il se sent déjà un peu mieux.

Mais une des petites nonnes du Couvent de la Calme Pratique arrive devant lui. En temps normal il l'aurait déjà abreuvée d'insultes... alors que dire du moment présent ? Ses déboires successifs lui reviennent à la mémoire, la haine s'empare de lui :

« J'savais pas pourquoi j'avais tant de poisse aujourd'hui, maintenant j'ai compris ! » pense-t-il.

Il se porte à la rencontre de la nonne et crache à grand bruit :

« Hhhhk... Pttou ! »

Elle l'ignore et continue son chemin en baissant la tête. Ah Q lui colle au flanc et lève soudain le bras pour frotter son crâne tondu de frais. Il ricane niaisement :

« Allez, grouille-toi, la déplumée ! Ton bonze t'attend...

— Comment oses-tu me tripoter... » Elle rougit jusqu'aux oreilles et accélère.

Les clients de la taverne partent d'un grand rire gras. Ah Q sent que son exploit recueille un succès mérité et continue, tout guilleret, en pinçant la joue de la petite nonne :

« Le bonze te tripote et moi j'y ai pas droit ? »

Éclat de rire des buveurs. Radieux, Ah Q, afin de contenter ce public de connaisseurs, tord encore un bon coup la joue de l'infortunée puis la laisse aller.

Pris par l'intensité de ce combat, il a depuis longtemps oublié Wang-le-barbu, oublié le faux diable blanc, il a pris sa revanche sur toute la poisse accumulée ce jour-là. Et bizarrement, tout son corps lui semble léger et aérien, plus détendu encore qu'après la fin des coups de canne.

« Maudit Ah Q... puisse-t-il crever sans descendance !... »

Il entend s'éloigner la voix de la petite nonne, entrecoupée de sanglots.

« Ha ha ha ! » répond-il seulement, satisfait.

« Ha ha ha ! » réagit son public, à peine moins réjoui.

Quatre

La tragédie de l'amour

CERTAINS PRETENDENT que la victoire n'est belle que quand l'adversaire est de taille, qu'il est doté de la force du tigre et de la cruauté du rapace. Si l'ennemi n'est que mouton ou poussin, la victoire est ennuyeuse. D'autres affirment qu'après le triomphe final, quand il n'y a plus d'ennemis – tous désormais pourrissants sur le champ de bataille ou prostrés dans la plus abjecte soumission – ni d'amis, que le héros, seul au-dessus de tout, dans le lugubre silence de sa tour d'ivoire, ressent alors la souffrance de la victoire. Mais notre Ah Q n'est pas sujet à de telles faiblesses : il est toujours content. Voilà sans doute la preuve de la supériorité de la civilisation chinoise sur toutes les autres.

Regardez-le, comme il flotte, comme il est prêt à s'envoler !...

Et pourtant cette dernière victoire fut un peu différente. Il flotta la majeure partie de la journée, flotta jusqu'à sa couche dans le Temple des dieux tutélaires où il s'allongea pour se mettre à ronfler comme à son habitude. Mais ce soir-là, il eut grand-peine à clore ses paupières et ressentait quelque chose de bizarre aux extrémités du pouce et de l'index, comme si sa peau était plus douce qu'à l'ordinaire. Le visage de la petite nonne était-il couvert d'un enduit satiné qui lui collait aux doigts, ou bien l'avait-il pincée si fort qu'il s'en était usé la peau ?

Dans ses oreilles résonna de nouveau le « Maudit Ah Q... puisse-t-il crever sans descendance !... » et il pensa : « C'est vrai, il faut que je me trouve une femme. Sans enfants je n'aurai personne pour s'occuper des offrandes à ma mémoire... il faut que je me trouve une femme. » Ne dit-on pas que « des trois manquements au devoir filial, le plus grave est de ne pas perpétuer la lignée » ? Ne parle-t-on pas des « esprits affamés des Jo-ng'ao », eux dont les enfants ont été exterminés ? Il s'agissait donc d'un grave problème existentiel, et sur cette question ses pensées s'accordaient avec les enseignements sacrés des Classiques ; dommage cependant que cela ne suffît pas à le rasséréner.

« Les femmes... les femmes ! » ruminait-il. « Même le bonze y a droit... Ah ! les femmes... les femmes ! »

Nous ne pouvons savoir quand Ah Q se mit enfin à ronfler.

Ce fut probablement à partir de là qu'il ressentit toujours cette étrange sensation au bout des doigts, qui le mettait comme dans un état perpétuel d'ébriété, avec sans sa tête un « Femelles... » qui trottait...

Cet épisode nous apprend que l'engeance féminine est bien un danger pour l'humanité. La plupart des hommes chinois pourraient devenir des sages, s'ils n'en étaient empêchés par les femmes. C'est la concubine Ta Tsi qui a causé la chute des Chang ; Pao Sseu a fait de même avec les Tcheou de l'Ouest. Quant aux méfaits de l'empereur Qin... on n'en trouve pas de preuves historiques, mais en affirmant que tout est la faute d'une femme on ne se trompe sûrement pas de beaucoup. Et nous savons tous que la mort de Tong Tchuo est due à Tiao-Tch'an.

Ah Q était, quant à lui, irréprochable en la matière. Était-ce grâce à l'enseignement d'un instituteur clair-voyant ? Il avait toujours respecté très strictement les règles ancestrales prohibant la fréquentation des femmes — et dénoncé à juste titre les déviants comme la jeune nonne ou le faux diable blanc. Sa doctrine était simple : pas une bonzesse qui ne se fît culbuter par un bonze ; pas une femme marchant seule dans la rue qui ne cherchât à attirer les crapules ; tout homme et toute femme engageant la conversation, où que ce fût, n'avaient qu'une idée en tête. Histoire de les remettre dans le droit chemin, Ah Q n'hésitait pas à les cingler de son « Regard furibond » ou de quelques pénétrantes critiques — à moins qu'il n'allât jusqu'à leur lancer une caillasse par derrière, s'il se trouvait dans un endroit pas trop fréquenté.

Incroyable ! À trente ans, l'âge où l'on doit « s'affermir dans la Voie », Ah Q avait donc pu être mis dans un tel état par une simple petite nonne ! Cette humeur exaltée, proche de l'ivresse, était tout à fait contraire aux enseignements confucéens — les femmes sont si perverses ! Si la peau de cette bonzesse n'avait pas été aussi satinée, ou si elle avait porté un voile sur son visage, Ah Q n'aurait pas été corrompu. C'est vrai que cinq ou six ans auparavant, dans la cohue régnant au pied de l'estrade de théâtre, il lui était arrivé de pincer la cuisse d'une fille ; mais ça n'avait pas eu les mêmes conséquences délétères, car elle portait un pantalon – contrairement à la petite nonne, ce qui suffit bien à prouver la dépravation de cette dernière.

« Femelles... » songeait Ah Q.

Il gardait un œil attentif sur celles dont il estimait qu'elles « cherchaient à attirer les crapules », mais ce n'était jamais à lui qu'elles souriaient. Il écoutait tout aussi attentivement les autres qui daignaient lui adresser la parole, mais il ne les entendait pas non plus évoquer quoi que ce fût en rapport avec la chose. Ah ! encore une preuve de la perfidie de l'espèce : elles voulaient toutes cacher leur vice sous un manteau de pudeur.

Ce soir-là, Ah Q fumait la pipe, assis dans la cuisine chez M. Tchao après avoir passé la journée à piler le riz et avalé son dîner. Chez d'autres employeurs, il serait parti sitôt la fin du repas, mais on dînait tôt chez les Tchao ; la coutume voulait que la nuit venue, on allât se coucher sans allumer de lampes, mais on y faisait exception de temps à autre. Quand le fils révisait pour l'examen de bachelier, par exemple... ou quand Ah Q était temporairement embauché ; on lui permettait une lampe pour qu'il pût continuer à piler le grain.

C'était pour cette raison qu'Ah Q, avant de s'y remettre, se tenait dans un coin de la cuisine et y savourait une bonne pipe.

La mère Wu, seule et unique domestique féminine des Tchao, a terminé la vaisselle et vient s'asseoir à côté de lui sur le banc pour faire un brin de causette :

« Ça fait deux jours que Madame n'a rien mangé, parce que Monsieur veut s'acheter une concubine... »

« Femmes... la mère Wu... c't'une p'tite veuve... » pense Ah Q.

« La jeune maîtresse va accoucher le huitième mois... »

« Femmes... »

Ah Q pose sa pipe et se lève.

« La jeune maîtresse... jacassait la mère Wu.

— Couche avec moi, couche avec moi ! » crie soudain Ah Q en se jetant à genoux.

Un ange passe, dans le plus grand silence. La mère Wu reste figée le temps d'une inspiration, se met à trembler de tout son corps et soudain détale en poussant un grand cri, « Aya ! », elle hurle en courant et ses cris se noient bientôt dans un sanglot.

Ah Q reste agenouillé face au mur, immobile, puis pose les deux mains sur le banc vide et se relève, sentant confusément qu'il a foiré quelque chose. Il remet fébrilement la pipe à sa ceinture avec le sentiment d'un désastre imminent et décide de reprendre son travail. « Blam ! » Un grand coup lui tombe sur la tête. Il se retourne en hâte et voit le Bachelier devant lui, un gros gourdin de bambou entre les mains.

« Espèce de !... tu as osé !!! »

Et le bambou retombe. Ah Q se protège la tête des deux mains et prend le bambou sur les phalanges, c'est sans doute encore plus douloureux. Il se rue hors de la cuisine, sans pouvoir éviter un autre coup dans le dos.

« Bâtard ! » hurle le bachelier, le gratifiant d'une étrange insulte en langue lettrée.

Ah Q se réfugie dans la grange à piler le grain ou il se retrouve seul, seul avec ses doigts qui l'élancent autant que le souvenir vexatoire de l'injure. « Patard » ? Il valait quand même plus que deux malheureux sous de billon... Cette insulte est inusitée à Wei-Tchouang, il ne l'a jamais entendue que chez les richards, elle est donc d'autant plus effrayante et blessante qu'elle est rare. Toujours est-il qu'il ne songe plus du tout aux femmes. Comme il semble que les coups et les invectives ont réglé la question, il cesse de s'inquiéter et se remet à la tâche. Et comme il pile de bon cœur, il commença à avoir chaud et s'arrête au bout d'un moment pour retirer son habit.

Il perçoit à cet instant un grand tumulte au-dehors. Ah Q a toujours apprécié l'animation, et il sort pour trouver la raison de ce vacarme. Sa recherche l'amène jusqu'à la cour intérieure de la résidence des Tchao où il distingue, malgré l'obscurité, de nombreuses silhouettes. Toute la maisonnée est rassemblée là, y compris l'épouse délaissée qui n'a pas mangé depuis deux jours, et en sus il voit la voisine, la septième belle-sœur Tseou, et deux parents qu'il connaît sous les noms de Tchao Pai-yen et Tchao Sseu-tch'en.

La jeune maîtresse tire la mère Wu des quartiers réservés aux domestiques en la cajolant :

« Sors donc nous rejoindre... ne te réfugie pas toute seule dans ta chambre... à penser à...

— Tout le monde sait bien que tu es un modèle de vertu... dit Mme Tseou pour l'aider. Le suicide n'arrangerait vraiment rien... »

Mais la mère Wu continue à verser toutes les larmes de son corps et sa réponse est largement inintelligible.

Ah Q pense : « Tiens, c'est marrant, qu'est-ce qui lui prend ? » Il veut se renseigner et se rapproche de Tchao Sseu-tch'en. C'est à cet instant qu'il aperçoit le jeune seigneur Tchao accourir à lui, le gros bambou à la main. La vue de l'instrument contondant lui rappelle qu'il en a très récemment tâté, et il comprend soudain que cela a peut-être un léger rapport avec l'intéressant spectacle qui se déroule sous ses yeux. Il pivote pour aller retrouver pilon et mortier. Mais le bambou est sur son chemin. Il pivote encore, s'esbigne par la porte de derrière, et en quelques instants il a rejoint son temple.

Il reste assis un moment avant d'être saisi par la chair de poule. Il a froid : c'est le printemps, mais les nuits sont encore fraîches et ne se marient pas bien avec un torse nu. Mais où est donc sa chemise ? Chez les Tchao, pardi. Il irait bien la chercher mais craint plus le bambou du Bachelier que le froid. Il en est là de ses réflexions quand l'agent de la police rurale pénètre dans son abri.

« Ah Q, putain d'ta mère ! T'as pas pu t'empêcher de chercher noise à la bonniche des Tchao, c'est de la rébellion pure et simple… Tu lui as fait tellement peur qu'ils m'ont empêché de fermer l'œil de toute la soirée ! Putain d'ta mère ! »

Et cætera, et cætera. La réprimande n'en finit pas et Ah Q n'a rien à répondre. Vers la fin, comme c'est la nuit, le pourboire dont il doit se fendre est doublé à quatre cents sapèques. Et puisqu'il n'a pas un sou vaillant sur lui, il doit donner son bonnet de feutre en gage au gardien de l'ordre et agréer cinq conditions :

1. Dès le lendemain, il devra aller présenter ses excuses chez les Tchao, avec une paire de bougies de cire rouge – celles d'une livre – et une enveloppe d'encens ;

2. Il devra rembourser les Tchao du coût de la cérémonie d'exorcisme par un maître taoïste qu'ils ont dû convoquer suite à la tentative de pendaison de la mère Wu ;

3. Il ne franchira plus jamais, par la suite, le seuil de la résidence des Tchao ;

4. S'il arrive quoi que ce soit par la suite à la mère Wu, lui seul sera à blâmer ;

5. Enfin il devra renoncer tant à ses gages qu'à son habit.

Ah Q, naturellement, est d'accord sur tout mais il y a un problème : il n'a pas d'argent. Heureusement, comme le printemps est là, il n'a plus l'usage de sa couverture de coton et peut en tirer la somme faramineuse de vingt mille sapèques. Cela suffit pour couvrir les frais occasionnés par le traité. Il lui reste même de la menue monnaie après qu'il a exécuté son kowtow. Plutôt que de récupérer son bonnet, il va claquer le tout à la taverne.

De leur côté, les Tchao n'utiliseront ni les bougies ni l'encens, mais les garderont de côté pour les futures dévotions au Bouddha de la maîtresse de maison. Les meilleurs morceaux de la chemise rapiécée serviront de couches pour le bébé que la jeune maîtresse mettra au monde au huitième mois, et la mère Wu se confectionnera de nouvelles semelles avec ce qui en restera.

Cinq

Questions de ressources

APRÈS S'ÊTRE PROSTERNÉ comme il convenait, Ah Q s'en retourna, comme tous les jours, au Temple des dieux du sol et des céréales. Le soleil s'était couché et il commençait à trouver que le monde ne tournait pas rond. En y réfléchissant mieux, il finit par en trouver la raison probable : il était toujours torse nu ! Il se souvint alors qu'il avait encore quelque part une vieille tunique doublée, s'en couvrit les épaules et s'allongea. L'instant d'après, il ouvrait les yeux : le soleil brillait déjà sur le mur de l'ouest. Il s'assit et grommela : « Ah, foutre... »

Il se leva et sortit errer dans les rues, comme tous les jours. Et là encore, le sentiment l'envahit peu à peu que quelque chose ne tournait pas rond, une impression cependant moins aiguë que la veille au soir. Il lui sembla d'abord que la moitié féminine de la population de Wei-Tchouang était brusquement devenue toute timide. Les femmes se précipitaient derrière l'huis quand elles le voyaient arriver. Même la septième belle-sœur Tseou, qui approchait pourtant le demi-siècle, s'enfuit comme les autres à sa vue en rappelant sa fille de dix ans. Il trouvait cela bien étrange, et ne put qu'en conclure : « Toutes ces chiennes qui jouent les saintes-nitouches d'un seul coup... salopes ! »

Mais un bon nombre de jours s'écoulèrent avant que son impression se précisât – et se traduisît dans les faits. Le tavernier refusa de lui faire crédit ; suivi du vieux birbe responsable du temple, qui proféra quelques insanités revenant apparemment à ordonner à Ah Q de prendre la porte ; et surtout, Ah Q réalisa que plus personne ne lui avait confié de travail depuis... depuis quand ? Il n'en était pas très sûr, mais ça commençait à faire longuet. Il pouvait se passer d'une ardoise au bistro, quant au vieillard, il arriverait bien à l'embobiner. Mais pas de travail voulait dire : rien à croquer. Et ça, c'était vraiment une « foutue » panade.

Quand Ah Q n'en put plus, il dut se résoudre à aller s'enquérir auprès de ses anciens employeurs – à l'exception des Tchao. Mais partout, à sa stupéfaction, l'un des hommes de la maison sortait et agitait la main en affichant un air suprêmement las, comme s'il répondait pour la *emième* fois à un mendiant : « Rien ! on n'a rien pour toi ! va-t'en ! »

Ah Q trouvait cela de plus en plus mystérieux. Se pouvait-il que tous ces gens qui n'avaient jamais pu se passer d'un coup de main n'aient maintenant plus rien à lui demander ? Il y avait anguille sous roche. Il poursuivit ses investigations : il apprit enfin qu'en cas de besoin, on faisait désormais appel à un dénommé Petit Don. Or ce « Petit D » était un miséreux malingre qui valait encore moins que Wang le Barbu aux yeux d'Ah Q.

Ce dernier n'eût jamais cru possible qu'un tel minable vînt lui barboter son bol de riz sous le nez. Sa colère fut à la mesure de cet affront : hors du commun. Il marchait, rempli de rage, et agitait le poing en chantant quelques extraits du répertoire classique :

« Je brandis mon fouet d'acier, tu vas déguster !... »

Quelques jours plus tard, il tomba sur Petit D devant le mur des esprits qui protégeait l'entrée de la résidence des Ts'ien. « Quand deux ennemis se font face, les étincelles volent... »

Ah Q s'avance. Petit D lui tient tête.

« Sale bête ! » Ah Q accompagne l'insulte de son regard furibond et d'un glaviot bien senti. Petit D cède.

« Une sale bête ? Je suis une vermine... ça te va ? »

Mais cette humilité ne suffit pas à calmer Ah Q. Celui-ci n'a pas de fouet d'acier à la main et se contente de se jeter sur son adversaire et de lui empoigner sa natte. Petit D, d'une main, se tient la base de la natte, et de l'autre tente de rendre la pareille à Ah Q. Lequel est bien forcé d'employer sa main libre pour se défendre lui aussi. Dans son souvenir, Petit D est un adversaire insignifiant, mais Ah Q a souffert de la faim ces derniers temps et est au moins aussi malingre que l'autre. C'est donc un combat remarquablement équilibré. Leurs quatre mains s'empoignent mutuellement la tête, la taille courbée, ils projettent sur le mur des Ts'ien, blanchi à la chaux, une ombre bleutée en forme d'arc-en-ciel. Leur lutte se prolonge ainsi près d'une demi-heure.

« Ça va comme ça ! » s'écrient les spectateurs. « C'est bon ! C'est bon ! » Il est difficile de savoir si leur intention es de calmer les combattants, de les féliciter de leurs prouesses ou de les exciter pour rehausser l'intérêt du spectacle.

Mais les lutteurs ne les entendent pas. Quand Ah Q avance de trois pas, Petit D recule d'autant. Puis ils s'arrêtent. Petit D lance la contre-offensive et avance de trois pas. Ah Q recule… et ils s'arrêtent. Au bout d'une demi-heure – mais il est difficile d'en être sûr, car les horloges sont rares à Wei-Tchouang, c'est peut-être seulement vingt minutes – de la vapeur leur monte du crâne, de la sueur leur coule dans les yeux, et Ah Q relâche sa prise à l'instant où Petit D relâche la sienne. Ils se relèvent d'un seul mouvement et battent en retraite en s'extrayant de la foule.

« Que cela te serve de leçon... Putain d'ta mère ! dit Ah Q en jetant un dernier regard à son adversaire.

— Putain d'ta mère ! ... Que cela te serve de leçon ! » lui répond Petit D en lui rendant son regard.

Ce « combat du Tigre et du Dragon » semble s'être terminé par un match nul dont on ne sait s'il a comblé les attentes du public : personne n'émettra d'opinion là-dessus par la suite.

Et personne non plus ne proposera du travail à Ah Q.

Un jour où pourtant une très douce brise soufflait en portant comme un espoir d'été, Ah Q se sentit glacé. Il pouvait le supporter – plus aisément que de supporter son estomac vide. La couverture de coton, le bonnet de feutre, la chemise de toile, tout avait disparu... il avait dû vendre aussi une veste ouatée. Il ne lui restait plus qu'un pantalon, dont il ne pouvait tout de même pas se priver, et sa vieille tunique doublée dont il ne tirerait pas un « patard » s'il tentait de la vendre ; il aurait au mieux pu l'offrir pour en faire des semelles. Il caressait depuis toujours l'espoir de trouver quelques sous sur le bord de la route, mais ça ne lui était encore jamais arrivé. Il lui vint soudain à l'idée qu'il pourrait en dénicher quelques-uns dans son propre pauvre logis, et se mit à fureter dans tous les coins avant de renoncer.

Il dut se décider à sortir pour quémander à manger.

Il marche au hasard des rues, souhaitant « quémander », et aperçoit la taverne si familière, où il voit exposés les petits pains tout aussi familiers. Mais il passe sans s'arrêter. Ce n'est pas cela qu'il veut ; et d'ailleurs, ce qu'il veut, il n'en sait rien lui-même.

Wei-Tchouang n'est pas un gros bourg et bientôt il l'a parcouru en entier. Au-delà des dernières maisons s'étendent à perte de vue les rizières, couleur vert tendre des jeunes pousses. Quelques taches plus sombres se meuvent : ce sont les paysans au travail. Ah Q continue sa marche sans jouir de ce tableau champêtre, dont il a le sentiment très vif qu'il ne lui sera d'aucune aide dans sa quête. Il finit par arriver sous les murs du Couvent de la Calme Pratique.

Le couvent semble jaillir du vert des rizières qui le cernent. À l'arrière, un mur d'argile plus bas clôture un potager. Ah Q hésite un moment, regarde tout autour de lui : personne. Il se lance à l'assaut du mur en s'agrippant à la glycine. Mais l'argile s'effrite en bruissant et ses pieds tremblent sans parvenir à prendre appui. Il peut se saisir d'une branche de mûrier et se hisse pour enfin sauter à l'intérieur. Le potager est particulièrement verdoyant, mais dépourvu de quoi que ce soit d'immédiatement comestible, comme du vin ou des petits pains à la vapeur. Le long du mur de l'ouest se dresse un bosquet de bambou : dommage que les pousses demandent d'abord à être cuites ! Il y a aussi du colza qui a porté ses fruits, de la moutarde sur le point de fleurir et du bok choy flétri.

Ah Q trouve ses efforts bien mal récompensés, comme un candidat qui vient de rater le premier niveau des examens mandarinaux. Il furète lentement dans le potager et a enfin une agréable surprise : il est tombé sur un vaste plant de vieux navets. À peine s'est-il accroupi pour se servir que la porte du jardinet s'entrebâille pour laisser passer une tête toute ronde, qui se replie aussitôt ; c'est la petite nonne, sans aucun doute possible.

Certes, Ah Q s'est toujours fait une loi de les ignorer, elle et ses semblables, mais les circonstances exigent de « prendre du recul ». Il déterre à toute vitesse quatre navets et les fourre dans sa tunique après en avoir arraché les feuilles. Juste à temps, car une vieille bonzesse apparaît.

« Par le Bouddha Amitabha, Ah Q, ne serais-tu pas rentré dans le jardin pour nous voler nos navets ?... Aya, c'est péché ! Aya ayo, par le Bouddha...

— Moi ? Voler vos navets ? Quand ça ? contre Ah Q qui s'éloigne tout en la gardant à l'œil.

— En ce moment, tiens ! Qu'est-ce que c'est que ça ? dit-elle en pointant son habit du doigt.

— C'est les vôtres ? Vous avez qu'à les appeler, voir s'ils répondent ! Vous... »

Il doit prendre ses jambes à son cou avant même d'avoir terminé de protester. À ses trousses galope un énorme chien noir. Un chien qui garde normalement l'entrée du couvent... comment donc est-il arrivé au potager ?

Le chien noir poursuit Ah Q en grondant et va lui mordre le mollet quand, par bonheur, un navet tombe de la chemise d'Ah Q. L'animal, surpris, stoppe net. Ah Q est déjà sur le mûrier. Il enjambe le mur de terre et dégringole, avec ses navets restants, de l'autre côté. La vieille nonne continue à invoquer le Bouddha Amitabha, et le chien reste en arrêt au pied de l'arbre.

Ah Q, craignant que les nonnes ne lancent le dogue à sa poursuite, récupère son butin et reprend sa route. Il s'arme de quelques cailloux ramassés au bord du chemin : précaution inutile, le chien ne réapparaît pas. Ah Q jette ses cailloux et mange en marchant. Il pense qu'il n'y a plus rien pour lui dans le coin, et qu'il est peut-être temps pour lui de se rendre à la ville...

Quand il a fini ses trois navets, sa décision est prise.

Six

Grandeur et décadence

WEI-TCHOUANG NE VIT RESURGIR Ah Q que juste après le festival de la mi-automne. Les gens furent si étonnés de son retour qu'ils en vinrent à se demander où il avait bien pu aller. Quand, jadis, il allait en ville – ça lui était arrivé à plusieurs reprises – il ne se privait pas d'en informer ses concitoyens avec grand plaisir, mais cette fois-ci il s'était esbigné en douce et personne n'avait rien remarqué. Peut-être, après tout, en avait-il parlé au vieux du Temple, mais il était de tradition à Wei-Tchouang de ne s'intéresser qu'aux déplacements en ville de MM. Tchao et Ts'ien et du Bachelier. Même les agissements du faux diable blanc ne méritaient pas une telle attention… que dire alors de ceux d'Ah Q ? Le gérant du Temple n'avait eu aucune raison de répandre la nouvelle, ce qui faisait que dans la petite communauté de Wei-Tchouang personne d'autre n'était au courant.

Le retour d'Ah Q cette fois-ci ne ressembla pas non plus à ceux d'avant, et valut vraiment qu'on s'en ébahisse. Le ciel s'assombrissait déjà quand il se pointa à la porte de la taverne, les yeux ensommeillés. Il s'avança, une main à la taille, et la leva au-dessus du comptoir. Elle se révéla pleine de pièces de cuivre et d'argent qu'il jeta sur le bois en criant : « V'là l'pognon ! Fais péter l'pinard ! » Il portait une veste doublée neuve qui laissait voir une bourse encore bien grasse, si lourde que sa ceinture en prenait la forme d'une corde d'arc bien tendue. Une autre tradition de Wei-Tchouang voulait que dans le doute, on traitât avec un certain respect les individus qui sortaient du lot ; certes, tout le monde voyait que c'était Ah Q qui était là, mais c'était un Ah Q bien différent du Ah Q guenilleux qu'on connaissait. Les Anciens ne disent-ils pas : « Un lettré qui a été absent trois jours doit être regardé d'un autre œil » ? En conséquence les serveurs, le tavernier, les clients et les passants affichèrent d'instinct une attitude sobrement déférente. Le gérant prit l'initiative de le saluer d'un hochement de tête, puis engagea la conversation :

« Tiens ? Ah Q ! Te revoilà !

— Ouais.

— Dis donc, les affaires ont bien marché, à... en...

— En ville ! »

Dès le lendemain, l'événement était commenté dans tout Wei-Tchouang. Les gens se pressaient pour connaître l'histoire de la nouvelle fortune d'Ah Q, de ses espèces sonnantes et trébuchantes et de sa veste doublée neuve. À la taverne, au salon de thé, sous les auvents des temples, chacun tentait d'en savoir plus.

Le résultat fut un regain de respect général pour Ah Q.

L'intéressé lui-même déclarait qu'il n'avait rien fait de plus que de donner un coup de main chez Monsieur le Licencié. Ses auditeurs en restaient pétrifiés. Ce Monsieur était un dénommé Pai, le seul licencié de toute la ville. Il n'était nul besoin de l'évoquer par son nom : dès qu'on parlait d'un lauréat des examens provinciaux, on savait qu'il s'agissait de lui. Sa renommée ne se limitait pas à Wei-Tchouang : elle s'étendait dans un rayon de cent lis autour de la ville, à tel point qu'on en venait à croire que Licencié et Monsieur étaient ses nom et prénom. Être en position de servir un individu si éminent méritait bien évidemment le respect. Mais Ah Q, toujours d'après ses propres dires, n'avait pas été satisfait de son sort car le Licencié en question n'était en réalité qu'un enfoiré de première. À ces mots, ses auditeurs avaient poussé un soupir de regret teinté de satisfaction : Ah Q, décidément, prouvait une fois de plus qu'il n'était pas digne de servir le Licencié, mais quand même, renoncer à une telle place était bien dommage...

La raison pour laquelle Ah Q était revenu de la ville semblait être son insatisfaction générale vis-à-vis de ses habitants. Car non seulement ils appelaient leurs bancs des escabeaux, non seulement ils hachaient menu leur ciboule, mais encore Ah Q avait-il noté une dérive récente : leurs femmes ne remuaient plus correctement du popotin quand elles marchaient dans la rue. Ceci dit, les citadins avaient malgré tout quelques bons côtés, dignes d'admiration. Par exemple, alors que les ploucs de Wei-Tchouang ne savaient jouer qu'aux dominos à trente-deux tuiles de bambou, à la ville le moindre gavroche au pedigree douteux excellait à ce jeu au nom étrange, le « mage rond » – qu'au village seul le faux diable blanc pratiquait. Et ce dernier, aussi diable et aussi blanc fût-il, aurait été mis en pièces par n'importe lequel de ces délinquants juvéniles. À ces mots d'Ah Q, ses auditeurs affectèrent un certain embarras.

« Vous avez déjà assisté à une exécution publique ? enchaînait Ah Q. Ah là là, c'que c'est beau… la mort d'un révolutionnaire. C'est beau, c'est beau ! »

Il secoua la tête et ses postillons volèrent jusqu'au visage de Tchao Sseu-tch'en, assis en face de lui. Ses auditeurs adoptèrent alors l'attitude déférente appropriée à l'évocation de la fin d'un fauteur de troubles. Ah Q balaya du regard l'assemblée, leva soudain la main droite et en abattit le tranchant sur la nuque tendue de Wang-le-barbu, qui était, comme les autres, captivé par le récit.

« SCHLAK ! »

Wang le barbu en sauta au plafond et rentra la tête dans les épaules avec une fulgurante rapidité. Les autres auditeurs savourèrent comme il se doit leur petit moment de frayeur. Wang, quant à lui, passa les jours suivants dans un état proche de l'hébétude et n'osa plus approcher Ah Q. Et il n'était pas le seul.

Dès lors, aux yeux des habitants de Wei-Tchouang, Ah Q occupa une position fort éminente – pas aussi éminente, bien sûr, que celle de M. Tchao, mais on ne se tromperait pas de beaucoup en disant qu'elle n'en était pas loin.

Il était donc logique que sa nouvelle réputation s'étendît jusqu'aux boudoirs des dames du village. En fait, il n'y avait à Wei-Tchouang que deux grandes résidences dotées d'appartements réservés aux femmes : celle des Tchao et celle des Ts'ien. Le reste, neuf fois sur dix, en fait de « boudoirs » c'étaient plutôt des « couloirs ». Toujours était-il que c'était là que les femmes se réunissaient, le terme conviendra donc. Qu'on y parle d'Ah Q relevait du miracle. Mme Tseou lui aurait acheté une jupe de soie bleue, certes d'occasion, mais à seulement neuf *jiao* – à peine une pièce d'argent. La mère de Tchao Pai-yen – à moins que ce ne fût celle de Tchao Sseu-tch'en, comme une autre le prétendait (on restait en attente de confirmation) – lui aurait aussi acheté une chemise d'enfant presque neuve, rouge vif, en mousseline importée d'Occident. Et ce, avec huit pour cent de réduction sur un prix de trois mille sapèques.

Fortes de ces informations, les femmes partaient donc anxieusement à la recherche d'Ah Q. Il s'agissait, pour celles qui en manquaient, de savoir s'il avait encore des jupes de soie ou des chemises en mousseline d'importation à vendre. Non seulement elles ne l'évitaient plus comme jadis, mais quand il passait, elles se lançaient à sa poursuite, l'arrêtaient et lui demandaient :

« Ah Q, as-tu encore une jupe de soie ? Non ? Je cherchais aussi une chemise de mousseline, peut être que... ? »

Des logis les plus pauvres, la nouvelle finit par arriver aux plus riches des boudoirs du village. La septième belle-sœur Tseou était si satisfaite de sa jupe qu'elle alla la montrer à Mme Tchao pour recueillir son approbation. Puis Mme Tchao en parla à son mari sur un ton des plus flatteurs. Le soir, au dîner, M. Tchao aborda la question avec son fils, le Bachelier. Ce dernier était d'opinion que la soudaine richesse d'Ah Q était quelque peu suspecte et que la famille Tchao ferait bien de prendre ses précautions. Ce qui n'empêchait pas d'aller voir s'il avait quelque chose qui valait la peine d'être acheté. D'autant moins que justement, Mme Tchao se cherchait un gilet en fourrure de bonne qualité à bon prix. Une décision familiale fut alors prise. Mme Tseou irait immédiatement chercher Ah Q, et à cette occasion on créerait un troisième type d'exception : ce soir-là, on permettrait – provisoirement – d'allumer une lampe après dîner.

La lampe avait brûlé plusieurs doses d'huile et Ah Q n'avait toujours pas fait son apparition. Chez les Tchao, tout le monde était sur les nerfs et bâillait à qui mieux mieux. Cet Ah Q n'était décidément pas sérieux, râlait-on – à moins que ce ne fût Mme Tseou qui était trop lente ? Mme Tchao émit l'idée que l'incriminé pût avoir peur de venir, après ce qui s'était passé le printemps d'avant. Mais M. Tchao balaya cette opinion : car n'était-ce pas lui-même qui l'avait convoqué ? Enfin, Ah Q se présenta à la remorque de Mme Tseou ; le patriarche, une fois de plus, avait vu juste.

« Il n'arrête pas de dire qu'il n'a plus rien, je lui ai dit de venir vous le dire en personne, il a continué à dire que... je lui ai dit que... dit Mme Tseou, tout essoufflée, sans attendre d'être assise.

— M'sieur Tchao ! salua Ah Q, mi-figue mi-raisin, sans oser franchir le seuil.

— Eh bien, Ah Q, il paraît que tu as fait fortune ? demanda M. Tchao en s'approchant lentement, l'examinant de pied en cap. Eh bien tant mieux, tant mieux... nous avons entendu dire que tu as quelques vieilleries à proposer... pourquoi ne nous les montrerais-tu pas ? Ce n'est pas qu'on y tienne tant que ça, mais on voulait...

— J'ai déjà dit à Ma'ame Tseou que tout était parti.

— Tout est parti ? M. Tchao ne put dissimuler sa déception. Tout est parti si vite ?

— C'était à un copain, y'en avait pas beaucoup. On m'en a acheté pas mal…

— Allons, il doit bien t'en rester un peu !

— Là, y m'reste un rideau de porte.

— Amène-le bien vite, hein ! intervint Mme Tchao.

— Oui bon, demain ça suffira, dit M. Tchao d'un ton qui se voulait froid. Ah Q, la prochaine fois que tu as quelque chose à vendre, tu dois venir nous le montrer, avant toute chose...

— Tu seras sûrement bien mieux payé ici qu'ailleurs ! » dit le bachelier.

Sa femme scrutait le visage d'Ah Q pour s'assurer de l'impact de cette affirmation.

« Je veux un gilet de fourrure », dit Mme Tchao.

Ah Q donna son accord, mais il prit congé de façon si cavalière qu'il était difficile de dire s'il avait vraiment pris note. M. Tchao en fut si frustré, furieux et fiévreux tout à la fois qu'il en oublia soudain de bâiller. Le Bachelier en personne s'inquiéta d'une telle insolence :

il faut se garder de ce bâtard... Pourquoi ne pas ordonner au policier de lui interdire de revenir résider à Wei-Tchouang ? suggéra-t-il. M. Tchao senior ne fut pas de cet avis : il craignait que cela ne fît qu'attiser le ressentiment d'Ah Q. Et puis « l'aigle ne chasse pas sous son nid » : le village ne risquait probablement pas d'être victime des nouveaux talents d'Ah Q, il n'était pas besoin de s'en inquiéter. Il suffisait de prendre un peu plus de précautions la nuit... Le Bachelier se rendit à la raison de ces instructions paternelles, retira ses propres arguments en faveur d'un éloignement d'Ah Q, et exhorta Mme Tseou à ne rien dévoiler à qui que ce fût de ce qu'elle venait d'entendre.

Mais dès le lendemain, Mme Tseou la Septième portait sa jupe chez le teinturier (elle la préférait en noir) et en profitait pour ébruiter les divers points suspects de la conduite d'Ah Q. Elle tut cependant la proposition du bachelier de le bannir du village. Même ainsi, cela ne fit évidemment pas les affaires d'Ah Q. Pour commencer, le policier se montra à sa porte et lui confisqua son rideau de porte. Ah Q eut beau dire que Mme Tchao voulait le voir, non seulement le policier ne le lui rendit pas, mais en sus il exigea d'Ah Q une contribution mensuelle comme prix de son silence.

Ensuite, le respect dont les villageois témoignaient changea soudain de mode d'expression : on n'osait toujours pas le maltraiter, mais on se tenait à carreau. Et on ne se tenait pas à carreau de la même façon que quand on craignait son « Schlak ! » ; il s'y mêlait désormais une sorte de déférence superstitieuse.

Quelques curieux oisifs voulurent aller au fond des choses et interrogèrent Ah Q. Celui-ci ne se fit pas prier et leur déballa fièrement toute la vérité. Il n'y avait pourtant pas vraiment de quoi se vanter – cela, ils le comprirent très vite. Ah Q ne pouvait ni grimper aux murs, ni passer dessous : son rôle se limitait à rester dehors pour récupérer le butin. Un soir, alors qu'il venait de recevoir un ballot et que le monte-en-l'air était reparti à l'intérieur, il avait entendu de grands cris et s'était carapaté sans demander son reste. La nuit même il avait quitté la ville en douce pour revenir à Wei-Tchouang. Et il n'avait pas l'intention de reprendre du service.

D'avoir raconté son histoire causa du tort à Ah Q. La « déférence superstitieuse » dont les gens du village faisaient preuve, c'était bien sûr la crainte qu'il ne s'en prît à eux. Mais il s'avérait qu'il n'était qu'un simple voleur qui n'osait plus voler... En vérité, il ne méritait plus ni d'être craint, ni d'être respecté.

Sept

Révolution

LE QUATORZIEME JOUR du neuvième mois de l'ère Xuantong[6] – le jour où Ah Q vendit sa bourse à Tchao Pai-yen –, peu après la minuit, une grande embarcation accosta l'embarcadère de la résidence des Tchao. La barque roulait dans l'obscurité et les bons habitants de Wei-Tchouang, plongés dans un profond sommeil, n'eurent pas conscience de son arrivée. Mais elle ne repartit qu'à l'approche de l'aube et beaucoup de lève-tôt furent donc témoin de son appareillage. Les curieux procédèrent à quelques investigations : on sut qu'elle appartenait à Monsieur le Licencié.

Cet événement causa grande appréhension à Wei-Tchouang. Avant midi, la population entière était en émoi. Les Tchao avaient gardé le secret sur la mission de la barque, mais au salon de thé comme à la taverne le sentiment général était que Monsieur le Licencié

---

[6] C'est-à dire le 4 novembre 1911, jour où Shaoxing a été prise par les troupes révolutionnaires. On se situe moins d'un mois après le soulèvement du 10 octobre à Wuhan, qui marque le début des soulèvements qui conduiront à la proclamation de la République par Sun Yat-sen (1ᵉʳ janvier 1912) et à la chute de la dynastie Qing (abdication de l'Empereur Puyi, âgé de six ans, le 12 février).

avait dû fuir l'avance des troupes du parti révolution-naire, prêtes à entrer en ville, et était venu se réfugier à Wei-Tchouang.

Seule, Mme Tseou la septième réfutait la rumeur : il ne s'agissait que de quelques vieilles malles à habits que le Licencié voulait faire stocker à la campagne et que M. Tchao s'était d'ailleurs empressé de renvoyer aussi sec. Le licencié de la ville et le bachelier de la famille Tchao n'étaient pas en très bons termes et il était en effet peu crédible qu'ils affrontassent ainsi, ensemble, l'adversité. De plus, Mme Tseou était la voisine des Tchao et elle était la mieux placée pour savoir de quoi il retournait. C'était probablement elle qui avait raison.

La rumeur laissa donc place à un autre bruit : le Li-cencié n'était peut-être pas venu en personne, mais il avait rédigé une longue lettre détaillant de lointains liens familiaux avec les Tchao. Le patriarche avait ruminé là-dessus et estimé que cela ne pourrait pas faire de mal de garder les malles ; elles étaient désormais stockées sous le lit de Mme Tchao. Quant au parti ré-volutionnaire, il se dit que ses troupes étaient rentrées dans la ville en pleine nuit, chaque soldat revêtu d'un casque et d'une cuirasse blanche, en signe de deuil pour l'Empereur Chong Zhen des Ming.

Ah Q avait depuis longtemps eu vent de l'existence d'un « parti révolutionnaire ». Il avait aussi assisté, plus tôt dans l'année, à l'exécution de l'un de ses membres. Mais il avait eu le sentiment – sans vraiment savoir d'où il le tenait – que révolution signifiait rébellion, et que la rébellion ne lui avait jamais valu que des soucis de toutes sortes. Il en avait conçu pour ce parti une amère détestation. Mais ne voilà-t-il pas que même ce licencié, célèbre à cent lis à la ronde, en avait désormais une peur bleue ! Ah Q en tira un certain plaisir. Plaisir qui tourna au bonheur suprême quand il constata l'affolement général dans la basse-cour qu'était Wei-Tchouang.

« Pas si mal la révolution finalement ! » pensa-t-il, « faudrait leur… révolter le fion à tous ces pourris... à toutes ces ordures !... Si ça tenait qu'à moi, j'm'y rendrais bien au parti révolutionnaire... »

Les derniers revers de fortune d'Ah Q le gênaient aux entournures et il était peut-être un tantinet aigri ; rajoutez-y les deux bols de vin qu'il avait bu à midi – à jeun, donc à effet brutal. Ce qui explique qu'il errait dans les rues, pensif, quand soudain il se sentit flotter dans les airs. Il n'était plus Ah Q : inexplicablement, il était à lui tout seul le Parti de la révolution, et les habitants du village étaient tous ses captifs. Transporté de joie, il ne put se retenir de hurler : « Rébellion ! Rébellion ! » Les gens de Wei-Tchouang lui jetaient des regards craintifs. Ces expressions pathétiques, Ah Q les voyait pour la toute première fois, et elles le portèrent au firmament du bien-être comme s'il avait bu de la neige fondue en plein été. Et ce fut encore plus joyeux qu'il avança en déclamant :

« Hourra !... Tout ce que j'veux sera à moi ! Toutes celles que j'aime seront miennes !

« Zim boum, bang bang !

« Hélas ! j'étais schlass quand j'ai tué mon frère Zheng !

« Hélas, la-la-la...

« Zim boum, bang bang ! Zim – boum – bang !

« Je brandis mon fouet d'acier, tu vas dé-guster !... »

Les deux hommes de la famille Tchao se tenaient avec leurs deux cousins au seuil de leur résidence ; tous quatre discutaient justement de la Révolution. Ah Q ne les vit même pas et passa devant eux, tête haute, en chantant.

« Zim boum...

— Mon vieux Q... hasarda M. Tchao d'un ton craintif et à voix basse.

— Bang bang ! » N'ayant pas idée qu'on pût accoler son nom au qualificatif « mon vieux... », Ah Q crut qu'on s'adressait à quelqu'un d'autre et continua à chanter.

« Zim – bang – bang bang – bang !

— Mon vieux Q…

— Hélas !...

— Ah Q ! » hurla enfin le bachelier.

Ah Q s'arrêta enfin, pencha la tête et s'enquit :

« Quoi qu'est-ce ?

— Mon vieux Q... maintenant... » M. Tchao, décidément, ne trouvait pas ses mots. « Maintenant... les affaires marchent ?

— Si ça marche ? Je veux ! Tout ce que j'veux sera à moi...

— Ah... Frère Q, pas la peine de perdre son temps avec de pauvres amis comme nous... dit Tchao Pai-yen en tremblant ; il semblait vouloir sonder les intentions du Parti révolutionnaire.

— "De pauvres amis" ? Toujours plus riches que moi ! » dit Ah Q en repartant.

Ils restèrent silencieux, comme frappés de désespoir. Les Tchao père et fils réintégrèrent la résidence et, le soir même, ils débattirent de la question jusqu'à ce que vînt l'heure d'allumer les lampes. De son côté, Tchao Pai-yen rentra chez lui, retira la bourse de sa ceinture et la donna à sa femme pour qu'elle la cache au fond d'une malle.

Ah Q continua son chemin en flottant de plus belle, mais quand il arriva au Temple des dieux tutélaires l'effet du vin s'était dissipé. Le soir venu, le vieux gérant fut inhabituellement cordial et l'invita même à boire du thé. Ah Q en profita pour le taxer de deux galettes qu'il avala vite fait, puis d'un chandelier de bois qu'accompagnait une chandelle usée de quatre onces. Il alluma la bougie et s'allongea dans sa pièce. Il se sentait plus ragaillardi et heureux qu'il n'eût su le dire ; la flamme de la bougie sautait et dansait comme le soir de la Fête des lanternes, ses pensées se mirent à bondir à l'unisson :

« La rébellion ? Ça sonne bien… La voilà, la bande de révolutionnaires en armure et casques blancs... ils sont armés de sabres, de fouets d'acier, d'explosifs et de canons, de pertuisanes et de guisarmes... ils passent devant mon temple en criant : "Ah Q ! Viens avec nous !" Et j'vais avec eux.

« Et tous ces ridicules pleutres de Wei-Tchouang se traîneront à genoux devant moi : "Pitié, Ah Q ! Pitié !" Pitié, mon cul ! Les premiers à crever seront Petit D et

Monsieur Tchao... et puis le Bachelier, et le faux diable blanc... est-ce que j'en épargnerai quelques-uns ? Wang-le-barbu, j'dis pas, avant... mais plus maintenant.

« Et la camelote... j'irai tout droit ouvrir les coffres : les lingots, les piastres, les chemises de mousseline... je déménagerai le lit à baldaquin de la femme du bachelier jusqu'ici... et aussi la table et les chaises des Ts'ien... non, plutôt celles des Tchao. C'est pas moi qui l'ferai, sûr, je laisserai Petit D trimballer tout ça, il aura intérêt à se magner le train, sinon y s'prendra des baffes !

« La petite sœur de Tchao Sseu-tch'en est vraiment trop moche ; la fille de Tseou la septième belle-sœur, on en reparlera dans quelques années ; la femme du faux diable blanc... beurk ! Une saloperie capable de coucher avec un type sans natte ! Celle du Bachelier, elle a des marques de vérole sur les paupières... La mère Wu, tiens, ça fait longtemps que j'l'ai pas vue, je m'demande où elle est passée... dommage qu'elle ait de si grands pieds ! »

Sans aller plus loin dans ses profondes pensées, Ah Q se mit à ronfler. La chandelle se consuma encore sur près d'un demi-pouce, éclairant d'une flamme rougeâtre sa bouche grande ouverte.

« Arrgh ! » Ah Q poussa soudain un grand cri, leva la tête et promena un regard craintif tout autour de lui. Il vit la chandelle et se rendormit d'un bloc.

Le lendemain il se leva très tard et constata en se promenant dans les ruelles que rien n'avait encore changé. Il avait toujours le ventre vide, comme avant, et il avait beau réfléchir à la question, il ne voyait pas comment y remédier. Mais bientôt une autre idée lui vint ; ses pas s'allongèrent petit à petit et le portèrent plus ou moins consciemment vers le Couvent de la Calme Pratique.

Le couvent était tout aussi tranquille qu'au printemps, avec ses murs chaulés de blanc et son portail laqué de noir. Il eut un moment de réflexion avant de cogner contre le battant. Un chien aboya à l'intérieur. Il ramassa en hâte quelques fragments de brique et frappa derechef, avec plus de force. Il frappa jusqu'à ce que la laque noire fût constellée de piqûres. Ce n'est qu'alors qu'il entendit enfin quelqu'un ouvrir.

Ah Q serra bien fort son morceau de brique et se mit en garde, les deux pieds écartés et fermement plantés au sol, pour se préparer à recevoir l'assaut du chien noir. Le portail s'entrebâilla, aucun chien n'en jaillit. Il ne vit qu'une vieille nonne par l'ouverture.

« Encore toi ? Mais qu'est-ce que tu veux encore ? dit-elle, stupéfaite à sa vue.

— C'est la révolution, vous êtes au courant ? dit Ah Q, d'un ton plus qu'incertain.

— La révolution, la révolution... elle est déjà passée, la révolution... qu'est-ce que vous nous voulez tous, avec votre révolution ? dit la vieille, les deux yeux rougis.

— Hein ?

— C'est toi qui n'es pas au courant ! Ils sont déjà venus !

— Qui ça ?... dit Ah Q, abasourdi.

— Le Bachelier et le faux diable blanc ! »

Ah Q s'attendait à tout sauf à ça et en resta bien malgré lui comme deux ronds de flan. La vieille nonne vit qu'il avait perdu son peu d'élan et referma le portail à toute volée. Ah Q poussa : sans résultat. Il frappa de nouveau : personne ne lui répondit.

Ça s'était passé le matin même. Le bachelier Tchao avait très vite appris que les révolutionnaires étaient rentrés en ville dans la nuit. Il avait roulé sa natte au sommet de son crâne et était allé très tôt chercher le faux diable blanc de la famille Ts'ien, avec lequel il avait pourtant depuis toujours été à couteaux tirés. Mais l'heure était venue du renouveau... et ils avaient tenu une conversation des plus agréables, s'étaient trouvé d'emblée des atomes crochus et avaient décidé d'aller faire la révolution ensemble.

Par où commencer ? Ils s'étaient creusé la cervelle pour finalement se rappeler que le Couvent de la Calme Pratique abritait une tablette de bois gravée des caractères « Longue vie, très longue vie à l'Empereur ! » Cela semblait être un bon début : ils s'étaient ensemble rendus au couvent pour lancer leur révolution en détruisant la tablette impériale. Et comme la vieille nonne s'était interposée de vive voix, ils l'avaient vite assimilée à l'ensemble du gouvernement mandchou honni et l'en avaient punie à coups de canne et de poings sur l'occiput. Après leur départ, la nonne avait repris ses esprits et était allée constater les dégâts : la tablette était à terre, brisée en morceaux, et qui plus est, le bel encensoir placé devant la statue de Kouan-yin, la Bodhisattva de la compassion, avait disparu.

Ah Q n'apprit tout cela que bien plus tard. Il s'en voulut un peu d'avoir tant dormi, en voulut surtout aux autres de n'être pas venus l'appeler. Mais à force d'y réfléchir il décida de leur laisser le bénéfice du doute :

« C'est-y possible qu'y savent pas encore que j'm'ai rendu au parti révolutionnaire ? »

Huit

Interdit de Révolution

CHAQUE JOUR les habitants de Wei-Tchouang se rassuraient un peu plus. Les nouvelles qui leur parvenaient confirmaient que le parti révolutionnaire était bien rentré en ville, mais que ça n'avait pas changé grand-chose. À la tête du district était resté le même mandarin, bien qu'il ait changé de titre, et Monsieur le Licencié avait aussi obtenu une charge quelconque – dont les villageois ne comprenaient pas plus le nom. Les troupes étaient toujours sous les ordres du même commandant de compagnie.

Il n'y avait qu'une seule véritable cause de frayeur : parmi les révolutionnaires s'étaient glissés certains éléments moins recommandables et plus enclins à semer le désordre. Dès le deuxième jour ils avaient commencé à couper les nattes de la populace. Il se disait que le batelier du village voisin, surnommé « Sept livres », avait dû y passer, et en était sorti n'ayant plus grand-chose d'humain. Mais tout bien considéré, ça ne représentait pas une si grande menace, car les gens de Wei-Tchouang se rendaient très rarement en ville ; ceux qui y songeaient révisèrent de suite leurs plans, pour ne pas courir de risque. Ah Q avait eu l'intention d'aller voir ses vieux amis mais dut renoncer à son projet dès qu'il eut vent de ces circonstances.

Pour autant, il eût été faux de prétendre que le vent de la réforme ne soufflait pas aussi sur Wei-Tchouang. Au bout de quelques jours, le nombre de ceux qui se roulaient la natte au sommet du crâne alla en augmentant. Nous avons déjà dit que le précurseur fut le brillant Bachelier ; il fut suivi de ses parents Tchao Sseu-tch'en et Tchao Pai-yen, puis d'Ah Q. Cela n'aurait rien eu de surprenant en plein été – quand tout un chacun se roulait la natte sur la tête ou la portait en chignon. Mais l'automne était bien avancé, et cette mode estivale sous les frimas était bien la preuve que les adeptes de la nouvelle coiffure étaient faits de l'étoffe des héros, et qu'on ne pouvait prétendre que Wei-Tchouang se tenait à l'écart des temps.

Ainsi, quand Tchao Sseu-tch'en se montra pour la première fois avec la nuque dégagée, les témoins s'exclamèrent :

« Ha ! Les révolutionnaires sont arrivés ! »

Ah Q en était rouge d'envie. Il avait bien sûr appris que le Bachelier s'était roulé la natte, mais n'avait pas songé un seul instant qu'il eût pu faire de même ; ce ne fut qu'en voyant en ce jour Tchao Sseu-tch'en se lancer lui aussi que l'idée lui vint de l'imiter à son tour et qu'il prit bientôt sa décision. Il se servit d'une baguette en bambou qu'il ficha en travers de sa queue roulée haut et, après de longues tergiversations, il eut enfin l'audace de s'exhiber.

Il marchait dans la rue, les gens le regardaient mais ne disaient rien. Ah Q en ressentit d'abord une intense frustration, suivie d'une profonde déprime. Ces derniers temps, il était d'humeur irritable. En vérité sa vie n'était pas pire aujourd'hui qu'avant sa révolte, on était poli avec lui, les boutiquiers acceptaient de lui faire crédit. Pourtant, Ah Q était désappointé : il avait fait la révolution – le mandat du Ciel avait changé de main – et c'était tout ?

Un jour qu'il croisa Petit D, sa colère trouva enfin à s'exprimer.

Petit D avait lui aussi roulé sa natte sur le sommet de sa tête. Et il avait aussi utilisé une baguette de bambou pour ce faire. Comment se permettait-il ? s'interrogeait Ah Q, stupéfait. Ah Q, lui, ne le lui permettrait pas ! Et qu'était-il après tout, ce Petit D ? Ah Q eut très envie de se jeter sur lui pour lui briser sa baguette et libérer sa natte avant de lui flanquer quelques baffes, histoire de le remettre à sa place et de le punir d'avoir osé contrefaire un révolutionnaire. Mais il finit par y renoncer et se contenta de le clouer sur place d'un regard furibond et d'un crachat retentissant. « Pah ! »

Au cours de cette période troublée, le seul qui osa s'aventurer en ville fut le faux diable blanc. Le Bachelier Tchao songea bien lui aussi à prendre pour prétexte le stockage des malles à vêtements pour aller en personne rendre hommage à Monsieur le Licencié, mais y renonça en raison du risque létal envers sa natte. Il écrivit donc une « lettre en ombrelle jaune » débordante de respect et la confia à son nouvel ami pour qu'il la portât à son destinataire. Il lui confia aussi la mission de négocier son admission au parti de la

Liberté. À son retour, le faux diable blanc lui fit cracher quatre dollars d'argent, en échange de quoi le Bachelier reçut une pêche argentée qu'il put accrocher à sa tunique. Les habitants de Wei-Tchouang furent saisis d'admiration : l'insigne de ce parti au nom bizarre ressemblait fort à celui de l'Académie impériale. Par suite logique, le renom de M. Tchao remonta abruptement, plus haut encore que quand son fils avait réussi les examens de district. Et quand M. Tchao croisait Ah Q, désormais, son regard semblait quelque peu passer sur lui sans le voir.

Ainsi Ah Q n'était-il plus seulement déprimé, mais se retrouva de nouveau snobé. En entendant l'histoire de la pêche d'argent, il saisit immédiatement la raison de ce nouvel ostracisme : pour faire la révolution, il ne suffisait pas de se rendre à distance aux révolutionnaires, ni de se rouler la natte sur le sommet du crâne. En réalité la première chose à faire était de s'acoquiner avec le parti lui-même. Mais Ah Q n'avait jamais rencontré que deux révolutionnaires de toute sa vie. Celui de la ville... cela faisait longtemps que SCHLAK ! il avait perdu la tête. Il ne restait plus que le faux diable blanc. Ah Q n'avait pas beaucoup d'autres choix que d'aller négocier, aussitôt que possible, avec ce dernier.

Le portail de la résidence des Ts'ien était grand ouvert ; Ah Q s'y introduisit d'un pas craintif. Une surprise l'attendait à l'intérieur. Le faux diable blanc se tenait au milieu de la cour, entièrement vêtu de ce qui devait être un costume occidental tout noir, sur lequel tranchait l'éclat de la pêche d'argent qu'il arborait lui aussi. Il avait en main le gourdin dont Ah Q avait pu apprécier les vertus éducatives ; sa natte – qui avait déjà repoussé de plus d'un pied – était défaite, ses cheveux étalés sur ses épaules lui donnaient l'allure échevelée d'un nouveau Liu l'Immortel. En face de lui, droits comme des piquets, Tchao Pai-yen et trois autres oisifs l'écoutaient religieusement.

Ah Q se glissa jusqu'à eux et se cacha derrière Tchao Pai-yen. Il aurait bien salué, mais ne savait pas très bien comment faire : il n'était évidemment pas question de l'appeler « faux diable blanc » ; « Étranger » ou « Révolutionnaire » ne faisaient pas non plus l'affaire. Peut-être fallait-il se fendre d'un « Monsieur l'Étranger ».

Monsieur l'Étranger ne l'avait d'ailleurs toujours pas remarqué, tout occupé qu'il était à s'exprimer avec vigueur, les yeux tout blancs, exorbités.

« Je suis d'un naturel pressé ! À chacune de nos rencontres, je lui disais : Grand-frère Hong, lançons-nous ! Et lui répondait invariablement : *No !* – c'est de l'étranger, vous ne pouvez pas comprendre. S'il m'avait écouté... ça ferait longtemps qu'on en aurait terminé avec tout ça. Enfin, ça vous montre à quel point il est prudent dans ce qu'il fait. Il m'a exhorté à plusieurs reprises à aller dans le Hou-Pei, mais jusqu'ici j'ai toujours refusé. Qui voudrait aller s'enterrer dans un trou pareil pour y faire de grandes choses ?... »

Ah Q finit par prendre son courage à deux mains et intervint pendant une courte pause de l'orateur. « Hmm... Euh... » Pour une raison qui lui échappait, il ne parvenait pas à l'appeler « Monsieur l'Étranger ».

En l'entendant, les quatre auditeurs se retournèrent pour le contempler. Le faux diable blanc en personne l'aperçut enfin :

« Quoi ? !!

— Je...

— Sors d'ici !

— Je voulais me...

— J'ai dit : dégage ! » se rapprocha Monsieur l'Étranger en brandissant le bâton de la pleureuse.

Pai-yen et les trois autres se mirent à hurler de concert : « Môssieur t'a dit de dégager, t'es sourd ou quoi ! »

Ah Q se protégea le crâne des deux mains et prit ses jambes à son cou – par réflexe : Monsieur l'Étranger ne se donnait pas la peine de le poursuivre. Il courut ainsi sur soixante bons pas, avant de ralentir l'allure et de sentir le désespoir l'envahir : Monsieur l'Étranger ne lui permettait pas de faire la Révolution ! Toutes les voies lui étaient désormais interdites. Il ne verrait plus venir à lui les troupes en cuirasse blanche et casque blanc ; ses ambitions, ses rêves, ses espoirs, son avenir... Tout s'écroulait, comme biffé d'un trait de pinceau. Même les moqueries de crevards du genre de Petit D ou Wang le Barbu – si les témoins de la scène ébruitaient la chose – ne seraient qu'insignifiances à côté d'une telle déconvenue.

Il ne s'était jamais senti aussi découragé. Se rouler la natte sur la tête lui semblait soudain chose sans intérêt, voire méprisable. Il eut même une impulsion subite – laisser retomber sa queue, en guise de vengeance. Mais il ne put s'y résoudre. Il erra jusqu'à la nuit tombée, se paya deux bols de vin à crédit et se les déversa dans l'estomac. Il commençait à se sentir mieux. Dans ses visions flottaient à nouveau des éclats de casques et de cuirasses blanches.

Un soir, alors qu'il avait traîné comme à son habitude jusqu'à l'heure de fermeture de la taverne, il rentrait au Temple des dieux tutélaires quand... Paf ! Bang ! De drôles de bruits lui parvinrent aux oreilles. Et ce n'étaient pas des pétards. Ah Q aimait l'animation tout autant que de se mêler des affaires des autres. Il partit à la recherche de la source du vacarme. Quelque part devant lui retentissaient des bruits de pas. Soudain, alors qu'il prêtait l'oreille, surgit un personnage qui fuyait à toutes jambes dans sa direction. Un regard suffit à Ah Q pour qu'il se mette lui aussi à courir à la suite de l'autre. L'homme tourna ; Ah Q tourna derrière lui. Il s'arrêta : Ah Q stoppa net. Il regarda en arrière : rien. Enfin, il put identifier le fuyard : c'était Petit D.

« Quoi ? s'irrita Ah Q.

— Les... les Tchao... ont été attaqués ! » haletait Petit D.

Ah Q sentit son cœur tressauter dans sa poitrine. Petit D, ayant ainsi parlé, le quitta. Ah Q reprit la fuite et s'arrêta à plusieurs reprises, avant que son courage ne l'emportât : n'avait-il pas en fin de compte été lui aussi de la partie ? Il retourna prudemment jusqu'au coin d'une rue d'où il put tendre une oreille inquisitrice :

des cris indistincts lui parvenaient. Il risqua un œil : il crut voir – mais ce n'était pas très clair – ses guerriers bardés de blanc qui faisaient la navette, les uns chargés de malles, les autres d'ustensiles divers. Le lit à baldaquin du bachelier et de sa femme était aussi l'objet de ce remue-ménage. Malgré son envie de s'approcher pour mieux voir, ses pieds refusaient d'avancer.

Il n'y avait pas de Lune cette nuit-là, la scène se déroulait dans l'obscure tranquillité régnant sur Wei-Tchouang – une tranquillité digne de la Grande Paix de l'Empereur Fou-si. Ah Q contemplait ce spectacle, qui manquait pourtant de variété ; ça déménageait à tout va, les coffres, les affaires, ce lit qu'il avait convoité... Au point qu'il finit par n'en plus croire ses yeux, et à se lasser. Il prit la décision de ne pas se montrer et retourna enfin à son temple.

L'intérieur du Temple des dieux tutélaires était plus sombre encore. Il referma la porte derrière lui et tâtonna dans le noir. Il ne retrouva ses esprits qu'après être resté allongé un long moment. Il commença alors à réfléchir à son propre sort : les guerriers blancs étaient bien arrivés, mais n'étaient pas venus le saluer. Ils s'étaient emparés de pas mal de choses, mais sans lui réserver sa part. Aucun doute, tout était de la faute de ce saligaud de faux diable blanc, qui ne l'avait pas laissé se révolter ; sinon, pourquoi l'auraient-ils oublié ? Plus Ah Q y pensait, plus la colère l'envahissait. La rage et la haine finirent par le submerger et il cracha en hochant la tête :

« J'ai pas le droit à la rébellion ; hein, y'a que toi qui y as droit ? Putain de faux diable blanc – ouais, rebelle-toi ! Eh bien, la punition pour la rébellion, c'est la tête coupée. J'vais te coller un procès au cul, on va bien voir comment tu vas t'en tirer quand y t'emmèneront au tribunal pour l'exécution, avec toute ta famille – schlak ! schlak ! »

Neuf

La grande réunion

APRES LE SAC DE LA RESIDENCE des Tchao, les habitants de Wei-Tchouang étaient partagés entre la joie sans bornes et la frayeur, et Ah Q ne faisait pas exception. Mais quatre jours plus tard, il était arrêté en pleine nuit et escorté jusqu'au chef-lieu du district.

Profitant de l'obscurité, une troupe hétéroclite de soldats, de miliciens et de policiers en uniforme, qu'accompagnaient cinq enquêteurs, investit le village en douce, encercla le temple, et installa une mitrailleuse face à la porte. Ah Q ne tenta pas de sortie héroïque. Le temps s'écoula sans que rien ne bouge. Le chef de la troupe était sur des charbons ardents. Il fit miroiter une récompense de vingt mille sapèques. Deux miliciens se portèrent volontaires et s'introduisirent dans la place en escaladant les murs. Grâce à ces braves, on put s'engouffrer en force et s'emparer du suspect. Lequel, transporté manu militari hors de son repaire, se réveilla à peu près au niveau de la mitrailleuse.

Il était déjà midi quand ils rejoignirent la ville. Ah Q constata qu'on le traînait jusqu'à un vieux yamen où, après quelques tours et détours, on le poussa dans une petite cellule. Il y rentra en trébuchant et on referma sur ses talons une porte ressemblant à une barrière en bois massif. Les autres parois de la pièce étaient des murs en briques. Un examen minutieux lui permit de découvrir deux autres individus tapis dans un coin.

Ah Q était bien sûr un peu inquiet, mais pas plus abattu que ça car à vrai dire, sa chambre au Temple des dieux tutélaires n'était pas plus reluisante que cet endroit. Ses deux compagnons avaient l'air eux aussi de gens de la campagne, ce qui facilita l'entrée en matière. L'un déclara que Monsieur le Licencié souhaitait se faire enfin rembourser une vieille dette remontant à son ancêtre, l'autre ne savait pas pourquoi il était là. À leurs questions, Ah Q répondit fièrement : « Parce que je voulais me révolter ».

Dans l'après-midi il fut sorti de la cellule et amené dans la grande salle du tribunal, devant l'estrade où siégeait un vieil homme au crâne entièrement chauve. Ah Q crut d'abord qu'il avait affaire à un bonze, mais la rangée de soldats alignés sous l'estrade, et tous les hommes en robe longue qui se tenaient des deux côtés de la salle avaient soit la tête rasée eux aussi, soit les cheveux aux épaules, comme le faux diable blanc. Tous arboraient un air féroce et le fixaient d'un regard furibond. Il comprit que le vieil homme était quelqu'un d'important ; il se sentit soudain comme une faiblesse dans les rotules et tomba à genoux.

« Debout ! Ne t'agenouille pas ! » crièrent les hommes en robe longue.

Ah Q avait l'impression d'avoir compris, mais il n'arrivait pas à se tenir debout. Son corps ne lui obéissait plus ; il se retrouva à croupetons, puis retomba bientôt sur ses genoux.

« Esclave !... » crachèrent les hommes en robe longue. Mais ils n'essayèrent plus de le faire se relever. Le vieil homme au crâne rasé, après un examen attentif de la physionomie du suspect, lui adressa la parole d'une voix calme et claire :

« Autant nous dire toute la vérité, tu t'éviteras de douloureux moments… Je sais déjà tout. Si tu avoues, je te laisserai partir.

— Avoue ! déclamèrent les hommes en robe longue.

— Je voulais... je voulais me rendre à... tenta Ah Q d'une voix hachée après quelques instants de réflexion obtuse.

— Eh bien ? Pourquoi ne t'es-tu pas rendu ? demanda le vieillard d'un ton affable.

— C'est le faux diable blanc qui me l'a interdit !

— Sottises ! C'est trop tard pour cela, de toute façon. Où sont tes complices ?

— Mes cons... quoi ?...

— Les individus qui ont dévalisé les Tchao.

— Y sont pas venus m'appeler. Y'z'ont tout emporté ! dit Ah Q, que l'indignation reprenait.

— Emporté où ? Dis-le moi, et tu es libre, dit l'homme, d'un ton plus affable encore.

— J'sais pas... Y m'ont pas appelé... »

Le vieil homme fit un signe des yeux et Ah Q fut ramené à sa cellule. Il ne refranchit la barrière dans l'autre sens que le lendemain matin.

Dans la grande salle du tribunal, rien n'avait changé. Le vieil homme au crâne rasé était toujours sur son estrade, et Ah Q se remit à genoux.

Le vieillard lui demanda gentiment :

« As-tu quelque chose d'autre à déclarer ? »

Ah Q réfléchit. Il n'avait rien à rajouter. Alors il répondit :

« Non ».

L'un des hommes en robe longue prit une feuille de papier et un pinceau et vint les mettre sous son nez. Il tenta de lui fourrer le pinceau dans la main. Ah Q en était tout abasourdi, voire carrément terrifié : sensation neuve, c'était la première fois que sa main touchait pareil instrument. Alors qu'il se demandait dans quel sens le tenir, l'homme lui indiqua un endroit sur le papier où il était censé « apposer son seing ».

« Je... je... sais pas écrire, bafouilla Ah Q sous le coup de la honte et de la peur, empoignant le pinceau.

— Alors fais comme tu veux ! Tu n'as qu'à tracer un cercle. »

Ah Q voulut s'exécuter mais sa main tremblait beaucoup trop. Alors l'homme étala la feuille sur le sol. Ah Q se mit à plat ventre. Avec toute la volonté dont il était capable, il dessina un cercle. Comme il craignait qu'on se moquât de lui, il tenait à ce que son cercle fût bien rond, mais cette saloperie de pinceau pesait son poids, et n'avait pas l'intention de lui obéir. Alors qu'il allait, toujours en tremblant, refermer le trait, le pinceau dévia au tout dernier moment. Le cercle avait tout l'air d'une graine de courge.

Ah Q était confus d'avoir mal fait son dessin mais ça n'avait pas l'air de beaucoup gêner l'homme, qui lui arracha papier et pinceau. D'autres hommes encore le ramenèrent une fois de plus à sa cellule. De ces allers-retours, Ah Q avait pris son parti. Il admettait le fait que dans la vie d'un homme, il pût arriver un moment où l'on était trimballé dans un sens ou dans l'autre, et où l'on devait tracer des cercles sur une feuille de papier. En revanche, que le cercle ne fût pas rond risquait de rester comme une tâche indélébile dans sa biographie. Cela le tarabusta un court moment jusqu'à ce qu'il eût songé : il n'y a que les abrutis qui sont capables de tracer des cercles bien ronds ! Alors il s'endormit.

Cette nuit-là, en revanche, Monsieur le Licencié ne put trouver le sommeil. Il avait eu des mots avec le chef des troupes locales. Le lettré préconisait de s'occuper d'abord de retrouver les biens volés, l'officier contrait qu'il fallait d'abord faire un exemple public. Ces derniers temps, le militaire semblait ne plus vraiment tenir son interlocuteur en grande estime. Ce soir-là, il avait tapé sur la table en disant : « Punissez-en un pour en terrifier cent ! Voyez, cela fait à peine vingt jours que j'ai rejoint les rangs du Parti révolutionnaire, et il y a déjà eu plus d'une dizaine d'attaques sans qu'on n'attrape un seul coupable ! C'est la perte de face totale ! Et maintenant qu'on en tient un, vous faites la vierge effarouchée ? Négatif ! C'est moi qui décide ! » Le Licencié en avait eu des sueurs froides mais avait insisté ; si l'on ne recherchait pas les biens volés, il renoncerait immédiatement à ses fonctions d'administrateur civil assistant. L'autre s'était exclamé : « Mais faites donc ! » Voilà pourquoi le Licencié avait passé une fort mauvaise nuit. Fort heureusement, le lendemain, il ne démissionna pas.

La troisième fois qu'Ah Q fut tiré de sa cellule, c'était le matin qui suivit la nuit au cours de laquelle Monsieur le Licencié n'avait pas dormi. Quand Ah Q entra dans la salle du tribunal, le vieil homme au crâne rasé était encore sur son estrade, et, une fois de plus, il se mit à genoux.

Le vieux lui demanda de la même voix si affable :

« As-tu quelque chose d'autre à déclarer ? »

Ah Q réfléchit. Il n'avait rien à rajouter. Alors il répondit :

« Non ».

Soudain les hommes en robe longue et d'autres en tunique courte s'affairèrent autour de lui. Ils lui enfilèrent un gilet blanc, de type étranger, sur lequel étaient peints une série de caractères en noir. Ah Q s'en alarma : cela ressemblait fort à un vêtement de deuil, et porter le deuil était tout sauf encourageant. Par-dessus le marché, on lui lia les deux mains dans le dos et on le traîna hors du yamen. Il fut hissé sur une charrette découverte où plusieurs des hommes en tunique courte prirent place avec lui. La charrette se mit immédiatement en branle. Devant elle marchaient des militaires et des miliciens, fusils en bandoulière, et sur les côtés de la rue étaient massés des spectateurs bouche bée. Ce qu'il y avait derrière, Ah Q n'y prêta pas attention.

Il comprend soudain : ne l'amènerait-on pas se faire trancher le col ? La panique le prend, sa vision s'obscurcit et ses oreilles bourdonnent, comme s'il allait s'évanouir. Mais il ne s'évanouit pas, il oscille entre la panique et une certaine forme de calme. Quelque part dans sa caboche flotte la pensée que dans la vie d'un homme, il peut arriver un moment où il est difficile d'éviter de se faire couper la tête.

Il reconnaît la route et s'étonne : pourquoi ne se dirige-t-on pas vers le terrain d'exécution ? Il ne sait pas qu'il ne s'agit que de le promener à travers les rues, de le montrer à la foule. Mais même s'il le savait, il estimerait que dans la vie il peut arriver un moment où il s'avère impossible d'éviter d'être promené à travers les rues pour être montré au bon peuple.

Quand il comprend qu'on va bien au terrain d'exécution, mais par un chemin détourné, il sait que bientôt va retentir le SCHLAK ! de la décapitation. Son regard vidé de tout espoir va de droite et de gauche, et finit par tomber inopinément sur la mère Wu, au beau milieu de la foule sur un côté de la rue. Il ne l'avait pas vue depuis fort longtemps – c'était donc qu'elle était venue travailler en ville. Il se sent soudain tout honteux : la bravoure lui manque même pour déclamer quelques vers ! Ses pensées tournoient dans son crâne : *La petite veuve va pleurer sur la tombe* manque de la dignité requise. Le « Hélas ! » du *Combat du tigre et du dragon* ne convient pas non plus, il vaut mieux un bon « Je brandis mon fouet d'acier, tu vas déguster !... » Mais alors qu'il va lever les mains, il se rappelle qu'elles sont liées ensemble

dans son dos, aussi renonce-t-il à brandir son fouet —
même en chant.

Sous la pression, en véritable autodidacte qu'il est,
Ah Q réussit enfin à sortir un fragment d'une phrase
qu'il n'a pourtant jamais prononcée auparavant :

« Dans vingt ans je serai de nouveau un[7]...

— Bravo !!! »

Le cri qui monte de la foule sonne plus comme le
hurlement d'une meute de chacals ou de loups.

La charrette avance toujours. Au milieu des hurle-
ments, Ah Q roule des yeux pour voir la mère Wu —
mais elle semble ne pas l'avoir vu, et contemple,
comme hypnotisée, les fusils sur le dos des soldats.

Ah Q reporte alors son attention sur les gens qui
crient.

À cet instant, ses pensées se remettent à virevolter.
Quatre ans auparavant, il a croisé un jour un loup
affamé au pied d'une montagne. La bête l'a suivi, dé-
cidée à le dévorer, mais sans jamais oser ni s'approcher ni s'éloigner. Il a failli en crever de terreur ; par
bonheur, il avait à la main une machette à couper le
bois, et c'est grâce à elle qu'il a trouvé le courage de
tenir jusqu'au retour à Wei-Tchouang. Il n'a jamais
oublié le regard de ce loup, dont les yeux brillaient
comme deux feux follets, un regard où la cruauté se
mêlait à la peur et qu'il sentait lui transpercer la peau
et les chairs à distance. Mais aujourd'hui, il voit des

---

[7] Il était de tradition pour les bandits d'honneur de proférer, juste avant
leur exécution, quelques mots pour prouver qu'ils ne craignaient pas la
mort, grâce à leur croyance en la réincarnation : « Dans vingt ans je serai
redevenu un solide gaillard ! ».

yeux plus terrifiants encore, et des regards comme il n'en a jamais vus, à la fois abrutis et térébrants, des regards qui dévorent ses paroles – qui comptent dévorer bien autre chose que sa chair – et qui le suivent de près.

Tous ces yeux n'en forment bientôt plus qu'un, et cet œil immense mord déjà dans son âme.

« Au secours !... »

Mais ces mots-là, Ah Q ne les prononce même pas. Sa vision s'est obscurcie depuis longtemps, ses oreilles bourdonnent, il a l'impression que son corps s'éparpille peu à peu comme un tas de poussière.

De toute cette affaire, celui qui souffrit le plus fut Monsieur le Licencié : comme le butin ne fut jamais retrouvé, sa maison fut remplie de cris et de lamentations. Ensuite ce furent les Tchao : quand le Bachelier était allé à la ville pour porter plainte, il était tombé entre les mains des révolutionnaires, ceux de la pire espèce, lesquels lui avaient coupé sa natte ; et par ailleurs les vingt mille sapèques de la récompense pour les miliciens furent facturées à l'infortunée famille. La résidence des Tchao fut donc tout aussi remplie de cris et de lamentations. À partir de ce moment, ils affectèrent peu à peu l'allure de survivants des temps anciens.

L'opinion publique, quant à elle, était partagée. À Wei-Tchouang, certes, elle ne variait pas : Ah Q était coupable, naturellement ; le fait qu'il avait été fusillé ne le prouvait-il pas ? S'il avait été innocent, il n'aurait pas été fusillé.

En ville, en revanche, on était plus qu'à moitié insatisfait. Le peloton d'exécution, comme spectacle, ça n'arrivait pas à la cheville du bourreau et de son sabre. Et ce condamné, vraiment, avait été par trop ridicule. On lui en avait pourtant donné le temps, en le promenant dans les ruelles ; mais il n'avait même pas trouvé le moyen d'entonner un petit air. Les badauds avaient perdu leur temps.

Décembre 1921

FIN

LU XUN

BRÈVE CHRONOLOGIE

25 septembre 1881 : Naissance de Zhou Zhangshou à Shaoxing, Zhejiang, dans une famille de lettrés. À partir de 1894 la famille est peu à peu disgraciée et appauvrie. Il choisira plus tard le nom de Zhou Shuren.

1898 : Études à l'Académie navale de Jiangnan puis à l'École des chemins de fer et des mines (Nankin). Prise de conscience des problèmes de la société chinoise et des idées occidentales.

1902 : Se rend au Japon pour suivre des études de langues puis de médecine à Sendai, qu'il abandonne pour se consacrer à la littérature, afin de « sauver l'esprit » du peuple chinois.

1903 : Mariage arrangé par sa mère mourante avec Zhu An. Il ne vivra jamais avec cette première épouse (mais pourvoira à ses besoins).

1906 - 1909 Tokyo. Premières traductions publiées.

1909 : Retour en Chine. Professeur de sciences à Hangzhou puis à Chao-sing.

1911 : Parution de sa première nouvelle, rédigée en langue classique,

Octobre 1911 : *soulèvement de Wuchang, chute de la dynastie Qing et établissement de la République de Chine le 1er janvier 1912 ("Révolution Xinhai").*

1912 : Nankin, puis Pékin. Postes au Ministère de l'Éducation.

1915 : fondation de la revue Nouvelle Jeunesse *à Shanghai.*

1916 : échec de la tentative de restauration impériale par le général Yuan Shikai, qui meurt en juin. Début de la période des Seigneurs de la Guerre.

1918 : 1re nouvelle en *baihua*, la langue vernaculaire parlée : *Le journal d'un fou*, dans *Nouvelle Jeunesse*. Adoption du pseudonyme Lu Xun.

4 mai 1919 : *Manifestations estudiantines et lancement du mouvement nationaliste et réformateur du 4 mai.*

1920 : Lu Xun quitte Nouvelle Jeunesse. Postes de professeur à l'Université de Pékin et à l'École normale supérieure nationale.

1921 : Publication en feuilleton de *La véritable histoire d'Ah Q* (sous un autre pseudonyme, Ba Ren), puis du recueil *L'Appel aux armes* en 1923

1926 : Parution du recueil *Errances*. Se réfugie à Xiamen (Amoy), puis à Canton en 1927. Mariage avec Xu Guangping.

1927 - 1936 : Shanghai. Août 1297 : *Les mauvaises herbes* (poèmes).

1929 : Naissance d'un fils.

1930 : Ne croyant plus au seul pouvoir de la littérature, Lu Xun participe à la fondation de la Ligue des écrivains de gauche, à visée révolutionnaire. Il s'en écartera cependant assez vite, déçu de l'emprise du Parti communiste sur la Ligue et ses débats.

1931 : Le Japon s'empare de la Mandchourie.

1933 : Fondation de la Ligue chinoise des droits de l'Homme.

19 octobre 1936 : Mort à Shanghai, de la tuberculose.